三週間の休暇

Three Weeks Vacation

町田哲也
Tetsuya Machida

一般社団法人金融財政事情研究会

目次

二人の友に

第一章　九月八日（水）

大宮駅前支店に異動を命じる。


　人事部からの異動通知を目にした田村美月の頭に浮かんだのは、先月の飲み会のことだった。課のメンバーでの打ち上げの席だった。

「営業のどこがえらいんですか？」

　美月の言葉に、一瞬座が静まり返った。

　まずいことを口にしてしまったことは、すぐにわかった。営業一筋のキャリアを歩んできた部長の平井豊は、会社の基盤は営業にあるというのが口癖だった。

「何かオーダーしますか？」

　気を遣って話題を変えようとした奥沢卓馬の目は、お前は黙ってろとでもいいたげだった。

　平井部長は支店にいた頃の武勇伝を遮られたことが気に障ったようで、卓馬の言葉を無視して能面のような表情でビールのジョッキを傾けた。

「田村君は本社が長いんだって？」

「入社以来十年間、ずっと営業企画部です」

「うちの会社では珍しいね」

「昔と違って専門性が重視される時代ですから。人材の育成方法も、世のなかの流れに合わせて変わってきてるんだと思います」

自分の言葉に間違いがあるとは思わなかった。ただ悔やまれるのは、なぜあんな席でいってしまったかだ。

部長が替わって三ヵ月。当初から、自分とは気が合わなそうなことは感じていた。部下を人前で怒鳴りつけることで自分の権威を示そうとする、典型的な支店上がりの営業マンだった。

本社では一人で業務を進めていくだけの知識も社内人脈もないくせに、自分より下の人間はいくらでも使い倒せると思っている。そんなやり方が誰にでも通用すると思うなという気持ちが、美月を攻撃的にさせていた。

田村美月が大学を卒業して入社したのは、ペンギンファイナンスという中堅の消費者金融会社だった。昔風にいえばサラ金で、新規融資が制限されている今では、延滞債務者への督促と得意先への追加融資がおもなビジネスだ。

内定をもらっていた銀行が経営破綻したことで、しかたなく選んだ就職先だった。数少ない女性総合職として営業店の予算管理をしていることで、自分のプライドを何とか保てていた。

「そろそろ田村君も、経験を広げてもいいんじゃないかな」

「どう広げるんですか？」

「君はお客さんを知らないだろ。一度営業店に出てみると、いい勉強になると思うよ」

「そういうことをいう人はよくいますけど、どうでしょうかね。適材適所っていう言葉があるじゃないですか。会社全体のことを考えると、人材の無駄遣いのような気がします」

「君は営業に向いていないっていうことか？」

「私じゃなくても営業はできるっていう意味です」

話しはじめると、美月はエスカレートする自分を止めることができなかった。

「皆さんそろってないですけど、先にオーダーしちゃいましょうか？」

慌てて卓馬が口をはさんだことで会話はいったん立ち消えになったが、美月にとっては助けてくれるはずの課長の態度が意外だった。

課長の奥沢卓馬とは、もう五年のつき合いだった。入社年次は一年上の三四歳で、飲みに行くたびに部長の運営は間違っていると文句をいう姿が頼もしかった。

いつか俺がガツンといってやるよ。そんな威勢のいい言葉が記憶に残っているだけに、上司に取り入るような姿勢には失望した。

美月のひとことがどんな効果を生んだかは、ジョッキを持つ平井部長の顔が引きつっていることからも想像できた。相当わだかまりが残ったのだろう。あれ以来きちんと話す機会もないまま迎えたのが、大宮駅前支店への異動通知だった。

しかも支店長ではなく、支店長代理だ。入社十年目の主任クラスに対する人事としては、あまりにも低い評価だった。

女性総合職が支店に出る例もなくはないが、都内の有力な支店で経験を積ませるのが慣例だ。今回の辞令は、成績次第でいつでもクビを切れるようにということなのだろうか。

つまらないプライドさえ持たなければ、避けられたかもしれない。今さら考えてもしかたないが、選択しなかった人生が輝かしく思えてならない。差し出したティッシュを通行人にはねのけられるたびに、後悔する自分が情けなかった。

はじめて美月が大宮駅に降りたとき、目についたのは人の多さだった。中央改札を抜けると東口と西口をつなぐ連絡通路があるが、多くの人が通る改札前が待ち合わせ場所にもなっている。ペンギンファイナンスの本社がある新宿ほどの大きさはないが、駅前の人口密度はなかなかのものだ。会社の看板を探して歩いたのが、一週間前のこととは思えない。まだ暑さの残る九月の朝、この日も駅前広場で何人かがティッシュ配りをしていた。

いちばん多いのが不動産会社だろうか。新しくできたマンションのPRや会社の宣伝が目的で、新入社員らしい若手が大声で挨拶しながら配る姿にインパクトがあった。

次に目につくのがカード会社だ。こちらはアルバイトらしい女性が淡々と手渡しており、ターゲットにもこだわりはないようだ。

消費者金融でティッシュ配りをしている会社は、ひと頃に比べてだいぶ減った。宣伝の中心がインターネットに移行しているからで、あまり目立つことはしないという業界の風潮も影響している。

大宮駅前において様子が異なるのは、大手の太陽ファイナンスがティッシュ配りに力を入れていることだ。同じビルに入居する彼らを見て、前任の支店長がペンギンファイナンスでも取り入れていた。

「代理さん、あいつらもよくやるよな」

仲本雄次の声に、美月は顔を上げた。

黄色いはっぴを着てティッシュを配っているのは、太陽ファイナンスの大宮支店長だ。美月より何歳か年上だろう。数人の社員を従えて、いちばんの大声で挨拶している。どんなに冷たくされても笑顔を崩さない姿が、憎らしいくらいだった。

「私たちも、ちょっとペースを上げようか。このままじゃ、目標に届かないでしょ」

「もう勘弁してくれよ。あいつらに対抗しようったって無理だって。こっちは二人しかいないんだぜ」

雄次は配る手を止めると、ふてくされたように座り込んだ。

仲本雄次は美月と同じ三三歳で、夏でもかぶっているニット帽がトレードマークだ。契約社員で、在籍は三年目になる。短期間で転職する人が多いなかでは、長く定着しているほうだろう。

大宮駅前支店での採用なので、今回の異動まで美月は雄次の存在を知らなかった。驚いたのは、会った初日から馴れ馴れしい言葉遣いで話しかけてきたことだ。

たしかに自分は支店長ではないが、社員で雄次より勤務経験も長い。女性だからなめられているのだろうか。何度か指摘したが、一週間もたつといつの間にか違和感もなくなっていた。

この日は二人がティッシュ配りの当番で、朝から三〇〇個を一人あたりのノルマにしていた。

「もう少し頑張ってよ。向こうに負けたら悔しいでしょ?」

「しょうがねえだろ、人数が違うんだから。大手と同じことして、勝てるわけないって」

「文句ばっかりいわないでよ。そんなこと、今にはじまった話じゃないでしょ」

何でも面倒臭がるのが、雄次の癖だ。

美月はハンカチを取り出すと、額の汗を拭いた。

支店では管理職としての威厳を出すため、毎日スーツを着て出社している。もともと細身だが、着任後の一週間で三キロは体重が減っていた。

「あいつら支店を拡張するっていう噂、聞いたことある?」

「何それ、知らないわよ」

不思議そうな美月の表情を見ると、雄次は得意げに聞いた話を説明した。

ペンギンファイナンスと太陽ファイナンスは、大宮駅東口の商店街にある同じビルに入居している。太陽ファイナンスは一階と二階を借りているが、春から三階にも拡大するということだった。細長いペンシルビルだが、ペンギンファイナンスとの勢いの違いを象徴しているようだ。

気になるのが、従業員のやる気だ。エレベーターで太陽ファイナンスのスタッフと顔を合わせることは少なくないが、挨拶の声の大きさに圧倒されてしまう。

「給料が違うんだよ。こんなご時世でも、向こうは給料が下がってないらしいから」

「それで社員のモチベーションを高く維持しているっていうこと?」

「俺たちの給料も、思いっきり上げてくれればやる気になるんだけどな」

「うちの会社がそんなこと考えるわけないじゃない」

「でも業績は上げたいんだろ？」

「コストを払わずにね」

「そんな無茶をいってるから、俺たちにしわ寄せが来るんだよ」

ペンギンファイナンスの営業店は、基本的に支店長以外は契約社員だ。赴任するにあたって、どうすれば彼らのモチベーションを高めることができるかが課題だといわれていたが、他社の話を聞くと美月ですら仕事に熱意を持てなかった。

毎朝七時には出社して、七時半からティッシュ配りをする。八時からは得意先への追加融資の営業で、延滞顧客との連絡がつきやすい夜は九時まで電話で督促だ。

シフト制の契約社員に残業はさせられないので、雑用は美月がすべてこなさなければならない。その日の数字をまとめて本社に報告し、翌日の方針を考え、戸締りして会社を出るのは毎日十時過ぎだった。

あまりにきつい仕事にもう辞めたいという気持ちはあるが、本社の同僚たちにみっともない姿を見せたくないという、女子総合職としてのプライドだけで踏みとどまっていた。

「カラオケでも行っちゃいたいな」

雄次が立ち上がると、あくびをした。

「やめてよ、業務時間中にサボるのだけは。ただでさえ忙しいのに、私を殺す気？」

「冗談だよ。パッと気分転換でもしたくてさ」

「演劇のほうはどうなのよ。もうすぐ公演でしょ？」

「来週末が初日だよ。そっちもやることが多くてね、たまには息抜きしたいよ」

話している二人の間を、忙しなく通勤途中の会社員が通り過ぎていく。ティッシュ目的のおばさん相手でも、受け取ってくれることに感謝したくなる。

「その件でお願いなんだけど、本番までは午後休もらっていいかな？」

雄次が思い出したように神妙な顔をした。

「何よ、いきなり」

「やることはきっちりやるからさ、営業だって件数はちゃんとやってるだろ？」

「そうかもしれないけど、一人抜けると、電話の対応にしてもほかの人の負担が増えるのはわかってるでしょ？」

「だから本番までの間だけだよ。公演が終わったら、元の勤務時間に戻すからさ」

「みんなに訊いてみないと、何ともいえないわね」

「小笠原さんと三木田は大丈夫だ。問題は江口さんなんだよな」

雄次は、同じ営業課で働くスタッフの名前を挙げた。

「いい顔はしないと思うわよ。あの人たちも担当をいっぱい抱えてるんだから」

「午前中はしっかりやるから。お願いします」

こんなときだけ頭を下げる雄次を見ていると、なぜかしかたがないと思えてくる。

大宮駅前支店は、朝八時から夕方五時までの早番と、昼一二時から夜九時までの遅番と二つのシフト制を組んでいる。

雄次の所属する営業課は四人、電話と窓口の顧客対応を行うコールセンターは六人しかスタッフがいないため、一人抜けるとほかのメンバーがカバーしなければならない。

「みんなが許可したらよ」

美月はいつの間にか認めてしまっていた。

雄次はガッツポーズをすると、大きな声でティッシュを配りはじめた。この調子の良さが、雄次の憎めないところだ。

仲本雄次は地元の劇団に所属しながら、契約社員としてペンギンファイナンスで働いている。こういった働き方をする契約社員も採用していかないと、どうしても人員を確保できない。結果として、アルバイト感覚の人間が多くなりがちなのが、ペンギンファイナンスの問題点でもあった。

前任の北山日出夫支店長は、契約社員を厳しく管理しようとしたため、スタッフから相当数のクレームが本社に寄せられたらしい。美月は着任以来、契約社員との関係作りに気を配っていた。彼らが働きやすくなるように、なるべく要望は受けるようにしているし、会話の時間も大事にしている。自分でたくさんの仕事を抱えるようになったのは、当然の結果かもしれない。

本当に今の方針に間違いはないのだろうか。八時になったことを確認すると、段ボールと不安を両手に抱えて支店に戻った。

「戻りました」

ペンギンファイナンスの大宮駅前支店は、消費者金融会社が何社か入居している、通称サラ金ビルにある。

オフィスのある七階で降りると、ドアを開けながら美月は入り口にはり出された貸金業免許を確認した。代表者の名前は北山日出夫のままだが、そのうち一時的であれ美月の名前に変更されるのだろうか。そう思うと、不思議と肩に力が入った。

「おはようございます」

美月が雄次に続いて挨拶すると、アシスタントの宮原志穂が顔を出した。電話で話す江口一雄の声も、同時に聞こえてきた。

「お疲れさま。あっ、雄次さん、さっき川上さんから電話ありましたよ。折り返して欲しいって」

「やっとつかまったか。もう遅いんだよな。これ、片づけといて」

「ちょっと、何よ」

デスクに向かう雄次に、宮原が文句をいった。

ペンギンファイナンスでは、アシスタントに制服が用意されている。本社で見かける制服と少し様子が違うのは、金色に近い茶髪にスカートの丈が短いからかもしれない。宮原が段ボールを持とうとすると、美月が先に手を出した。

「これはやっておくからいいわよ」

「いいんですか？」

髪の毛をかき上げる度に、宮原の爪がキラキラと光る。

正確な年齢はわからないが、宮原はまだ二〇代前半という噂だ。いったいどうやって、この長い爪で段ボールを持とうとしたのだろうか。

アシスタントや窓口の女性には絶対に嫌われるなよ。そう指摘してくれた同期の忠告を思い出して、美月は笑顔を作った。彼女たちのサポートなしに、支店はうまく運営できない。

「倉庫に戻しておけばいいのよね」

「残りがあったら、一緒にしておいてください」

どちらが上司なのかわからないことへの不満を抑えながら二人分の段ボールを片付けると、美月は席に戻ってメールをチェックした。

「……川上さんね、困るよあんた、約束守らないで。この前払ってくれるって約束したじゃない」

隣の席から、さっそく督促に入った雄次の声が聞こえてきた。ニット帽を外した髪の毛に癖が残っている。

大宮駅前支店には、支店長室がない。フロアの面積が狭いので、営業スタッフの席を置くだけでスペースがいっぱいになってしまう。

契約社員と机を並べて座ることに最初は抵抗があったが、隣に座るとスタッフがどんな会話をしているかよくわかる点は都合が良かった。

「……そんなこといって、電話で話したの憶えてない？　ちょっとずつでもいいからさ、返していこうって話したばっかりじゃない。べつに一気にぜんぶ返せっていってるんじゃないんだよ。お宅の事情に合わせてゆっくりでいいっていってるんだ。こんなに優しい金貸しはいないよ。そう思うだろ」

何度か返済期限を守らずに営業課に回されてきた顧客と話しているのだろう。相手に話す隙を与えないほど一気にまくし立てるのが、雄次の得意とするところだ。

美月が前を向くと、目の前に座る江口一雄が受話器を抱えたまま一礼していた。五〇歳を超えるのは、大宮駅前支店で江口だけだ。

顧客に会う予定がないのに、Ｙシャツにネクタイをしているところに律義な性格がにじみ出ている。薄くなった髪の毛をどうにか引き伸ばしてわけ目を作ったような髪型だが、背筋を伸ばして座る姿には不思議と疲れた感じはなかった。

「……あんた、それはちょっとおかしいんじゃねえか」

こちらもお客さんを説得しているのだろう。途中から声のトーンを上げて、話し方を一転させた。年長者ならではの恫喝と情に訴える話し方が得意というのも、この一週間で次第にわかってきた。

「……道理が通んねえだろう。子どもだっているんだろ。しっかり育てて独立させるまでが親の役目ってもんじゃねえか。それまで簡単に死ぬなんていう言葉を使っちゃいけねえよ。金は大事だぜ。でもさ、もっと大事なものがあるっていうことを忘れちゃいけねえんじゃないか」

大宮駅前支店が設立されたのは、一五年近く前になる。その頃のメンバーで残っているのは江口しかいないので、顧客についてはいちばん詳しい。

延滞顧客のなかでも、長期にわたって返済が滞っている顧客を扱うのが営業課だが、どの顧客も問題を抱えているだけに資金を回収するのも簡単ではない。

昼前に遅番の小笠原と三木田が出社すると、フロアが一気ににぎやかになった。

「……ちょっとー。もう止めてよー。そんなのってないわよね」

営業課で、いちばん声が通るのは小笠原伸江だ。二人の子を持つママで、江口の隣、雄次の向かいに座っている。

営業課では督促のほかに、借入れをしたいという顧客の対応もしなければならない。おそらく融資の手続きをしているのだろう。化粧をして派手なスーツに身を包んでいるものの、机には新聞の折り込みチラシが置かれているところに生活感がにじみ出ていた。

「……お名前は、トミヤマユカリさんね。生年月日は？　いちおう平成と西暦で教えてね。えっ、二十歳なの？　やだ、高校出たばっかりじゃ、うちの子とあんまり変わらないじゃない。そんなに若いんじゃ、無駄遣いしちゃダメよ。借りるのは三〇万円までにしておきなさいね。そうすれば年収の審査がいらないから」

主婦のアルバイトではじめた仕事のようだが、今では契約社員としてそれなりの実績を残している。四五歳のバツイチで、来年中学生になる女の子と小学校に入ったばかりの女の子との三人暮らしだ。

主婦らしく、子どもに説教をするように顧客と関係を作り上げるのが得意だ。消費者金融の顧客にも、若い女性が増えている。延滞の常習犯にも罪悪感はあるので、人の良心をくすぐる話し方は効果が大きかった。

小笠原の隣で、話し声がほとんど聞こえないのが三木田俊文だ。入社二年目で、経験年数でいえば営業課でいちばんの若手だ。背は高いがやや細めの体格で、色白なので不健康そうに見える。小説家志望で、大学に八年通った挙句に中退し、今では家で執筆しているらしい。寡黙で、いつもぼそぼそと話す印象があった。

理屈っぽくて融通の利かないタイプだが、資金回収にはそんな性格のほうが合っている。顧客に怒鳴られるのを一つひとつ反応していてはいくら時間があっても足りないし、マニュアル通りに受け答えするほうが相手に強く訴えることができる場合もある。

一週間とはいえ、朝から晩まで一緒に過ごしていれば、メンバーのことはそれなりに把握できるものだ。

仕事の進め方はいい加減だが、経験が長い雄次。同じ歳ということもあり話しやすいので、わからないことは彼に最初に訊くようにしている。三木田は年齢でも経験でも後輩になるので、アシスタントの宮原に頼みづらいことをお願いするには都合がいい。

小笠原はあまり業務上の知識はないが、人づきあいがよく、支店運営上の細かいことに気が回るので重宝している。江口は普段は温厚そうな表情をしているが、何を考えているのかがわからないときがある。日常会話は普通に参加してくるが、折にふれて発せられる厳しいコメントが美月に対する思いを含んでいそうだった。

「少し前まで使ってたのぼりって、どこにあったかな」

美月は、太陽ファイナンスの社員が着ていたはっぴが鮮明に記憶に残っていた。どうにかして、費用をかけずに駅前の通りでもう少し目立つ手段はないか。そう考えたときに頭に浮かんだのが、のぼりだった。

「ノボリですか？」

宮原は、美月の話していることが理解できないようだった。

宮原はピンクが好きなのだろう。席に置いてある私物がどれもピンクだらけで、そこだけ違う職場のようだった。

「うちの会社のロゴが入ってる、オレンジの旗みたいなやつよ。ちょっと前まで会社の前に掲げてたの憶えてない？」

「そんなのありましたっけ？」

「ほら、コーポレートカラー促進って、本社がやってたの」

従来グレーゾーンとして違法ではなかった高金利での融資が、裁判所の判決で違法とされたのはもう十年以上前のことだ。この判例を機に顧客から利息の返還請求が相次ぎ、消費者金融各社の業績は暗転した。

営業手法を穏便にするとともに、会社の社会的地位向上策として本社が考え出したのがコーポレートカラーの推進だった。営業企画部にいたときに美月が取り組んだ企画だっただけに、支店に浸透していない現実を見てがっかりした。

「旗ねえ……」

困っている二人を見かねて、雄次が思い出すような表情を向けた。

「俺はこの支店に三年いるけど、記憶にないなあ。倉庫になければ、もうないんじゃないかな」

「捨てちゃった?」

「どうせ本社が思いつきで送ってきたんだろ」

「そんなことないと思うけど……」

美月は一人でブースを探してみたが、ティッシュやノートやうちわといった勧誘グッズが山のように積まれているだけだった。

「なければ、キャビネットかな」

雄次は関心なさそうに、自分の席に戻っていった。美月は、営業課のフロアを取り囲むように設置されたキャビネットを見て回った。

なかには、思いのほかたくさんものが詰まっていた。おそらく、入り切らない書類や備品を置いておくうちにこうなったのだろう。コップや歯磨き粉といった日用品も紛れていた。

美月は何気なく開けていくと、Yシャツや下着などの着替えが目に入った。

「この荷物は誰のかわかる?」

宮原がキャビネットをのぞき込むと、無造作に中身を引っぱり出した。

「北山さんのですね。あの人ほとんど家に帰ってなかったから、ここに着替えを置いてたんです」

「会社に泊まってたの？」

「東京の自宅から通ってたんですけど、移動の時間がもったいないとかいって、ここでよく寝泊まりしてましたよ」

「そんなに忙しかったんだ？」

「そうみたいですね」

宮原は洋服を置くと、隣のロッカーのドアを開けた。スーツが何着かかけられ、なかにはクリーニング屋のタグがついたものもある。おそらく洗濯も家に帰らずに済ませていたのだろう。

北山日出夫は美月より五年ほど先輩で、本社で一緒に働いたことがあった。若手の頃から会社のエースと目され、支店長としていくつかの支店を立て直した実績もあった。そんな先輩が体調不良でしばらく休職すると聞いたのは、異動発表当日の朝だった。

うつ病という噂だった。家族から北山の体調を不安視する問い合わせがずいぶん前から入っていたが、会社が取り合わなかったらしい。

支店長は支店のノルマを一人で抱えなければならない。契約社員の部下はいるが、数字ができなければすべて責任を取らされる。着替えを見ていると追いつめられた北山の精神状態が表れているようで、気の毒に思えてきた。

気づくと、宮原が美月を見ている。

「どうしたの？」

「だから新居ですよ。もう決まったんですか？」

「まだなの。独身だから、しばらくは今のウィークリー・マンションに泊まろうと思ってるんだけど……」

「宿泊先が決まったら教えてください。何かあったら、連絡できるようにしておかなくちゃいけないんで」

「そうね。昨日も話したんだけど、いいところが見つからなくて」

いい訳をしながら、美月は不動産会社の営業担当の顔を思い出した。昔から支店とつきあいが深いというおばさんは、独身なら絶対にここがお勧めという物件を赴任当日から持ち込んでいた。堀の内という地区にあるので、支店まで歩いて十分もかからない。都内の狭いマンションと比べて広さも設備も申し分ないが、話が先に進まないのは美月が本社に戻る可能性を捨て切れないからだ。

大宮駅前支店への異動と聞いて、会社を辞めようとした美月を強く引き留めたのは奥沢卓馬だった。今回の異動は美月の言動に激怒した平井部長の意向によるものだが、人事部には反対意見もあり、暫定的なものになる可能性もある。

自分がすぐに呼び寄せるので、もう少し頑張ってみないか。そんな卓馬の言葉に賭けたい気持ちが新居の契約を遅くさせていたが、自分の立場からはいい出せなかった。

「それと、どうしましょうか、代理さんの歓迎会」

「みんなの都合はどうなの？」

「うちの支店は、もともと歓迎会とか送別会なんてやってなかったから、みんな参加するかどうかわからないんですよね」

申し訳なさそうな宮原の表情からすると、美月の歓迎会に難色を示しているスタッフがいるのだろうか。美月としてもどうしても一緒に飲みたいわけではないが、一度全員の顔がそろう場所をセッティングしたいという気持ちもあった。

「忙しいならしかたないけど、いつもこんな感じなの？」

「誘っても来ないんです」

「みんなで飲みに行くこともないの？」

「個別には行ってるのかもしれないですけど、全体でっていうのはないですね。みんな事情がありますから」

「一日くらいは何とかなるんじゃないかなあ」

「どうですかね。小笠原さんは家庭があるから参加できないでしょうし……」

「彼女はしかたないか」

「それに雄次さん。あの人は劇団があるから、帰りは早いでしょ」

「今は忙しいっていってたわね」

「三木田さんは飲めないし。誘えばついてくるかもしれないですけど、作家になりたいくせにあんまり話も面白くないから、けっきょく江口さんくらいかな」

江口とはいつかゆっくり時間を持ちたいが、ほかのスタッフにも話も聞いてみたい。

「コールセンターの子たちは興味ないかな?」

「お子さんがいる増山さんは無理だと思いますけど、昼なら調整できるかもしれないですね。リーダーの増山さんを通してお願いしたほうがいいんじゃないですか」

宮原の話にうなずくと、美月はコールセンターのメンバーの顔を思い浮かべた。

大宮駅前支店は、二課体制になっている。長期の延滞債務者を管理しているのが営業課で、そこまで長期化していない延滞初期の顧客を担当しているのがマーケティング課だ。店内ではコールセンターとも呼ばれ、電話に加えて来店する顧客の対応もする女性だけの組織だ。

女性特有の派閥意識のないところが男だらけの職場で働くメリットだと思っていた美月としては、そんな人間関係が煩わしくてしかたなかった。

夕食を頼むかどうかを確認すると、宮原は席に戻っていった。転勤して来て以来、帰りが遅くなる確率が高いので、美月は適当なものをお願いすることにしていた。

宮原志穂は仕事ができない気はしないのだが、何かと調子を狂わされる。おそらく本人に、アシスタントという意識が低いのだろう。

その点は、本社と大違いだった。本社のアシスタントは美月が仕事をしやすくなるように何ごとにも気をきかせてくれたし、たまに社内の噂話をするのが気晴らしになっていた。

美月は席に戻ると、時計を見ながら本社のことを考えてみた。

三時過ぎとなると、営業企画部のメンバーにお茶が配られる頃だろうか。営業企画部では、部員が全国を回って買ってきたお土産をアシスタントがおやつとして配るという慣習がある。そう思うと無性に奥沢卓馬の声が聞きたくなって、ブースに入った。

「はい、奥沢です」

「卓馬？　美月だけど……」

「ああ」

一瞬たじろいだような雰囲気が、内線電話から伝わってきた。

本社にいた頃は、週に一度は飲みに行っていた。卓馬はとくに仕事ができるとは思えないが、何でも要領よくこなす。さっぱりした性格で、敵を作らないので誰からも嫌われない。

つき合って五年になる。結婚するわけでも別れるわけでもなく、お互いを拘束しない自由な関係が心地良かったが、離れてみると緩い関係が逆に不安だった。

「もう、何で連絡くれないのよ」

「出張が重なって、忙しかったんだよ」

「出先からだって、電話くらいできるでしょ」

「美月も忙しいと思ったんだ。異動したばかりじゃ、そんな余裕ないだろ」

たしかにこの一週間は、卓馬のことを考える余裕もなかった。しかし部屋で一人になったとき、唯一の希望になったのが、すぐに本社に呼び戻すという卓馬の言葉だった。そんな気持ちくらいわかってほしい。

「そっちはどうだ？　もう慣れたか？」

「慣れるわけないじゃない。もう、最悪よ。オフィスは汚いし、仕事はきついし、知ってる人もいないし、契約社員は誰もいうことを聞いてくれないし。こんな環境に絶対慣れたくないわよ」

「べつに大宮駅前支店が特別ひどいわけじゃないぞ。誰でも一度は通る道だ」

「そうかもしれないけど、何で私がこんな経験しなくちゃいけないのよ」

「人事なんだから、しかたないだろ」

「卓馬の力で、何とかできるかもしれないっていってたじゃない。あれはどうなったの？」

「まだ一週間だろ。今呼び戻したら、逆に不自然で目立っちゃうよ」

「私、一ヵ月も我慢できないわよ。北山さんの気持ちが、やっとわかったような気がする」

「そんなこというなら、美月だって考えたほうがいいんじゃないか」

「何を？」

「平井部長への謝罪だよ。部下の忠誠心を重んじる人だ。一度は反発した君が態度をあらためれば、許してくれるよ」

「許すって、私が何をしたっていうのよ？　みんなの前で自分の考えをいったまでのことでしょ」

「自分のプライドを傷つけられたことが、あの人には許せないんだよ」

「バッカみたい」

「表向きだけの話だよ。ちょっと頭を下げればいいだけだ」

「そんなの絶対に嫌よ。嫌われないようにおだてて。あなたは何をしたの？　肩をもんで、メガネ拭きでもしてあげてるの?」

「お前さあ……」

「いってることがぜんぜん違うじゃない」

自分の声が大きくなっていることに気づいて、美月は声を下げた。もっと不満をいいたかったが、ブースはスペースが仕切られてあるだけなので、周囲に話が筒抜けだ。

「もう少し大人になれよ。俺だって、お前のことが心配なんだよ。このままじゃ、当分戻って来れないぞ。寂しくないのか?」

寂しいのは事実だったが、ほんのひとかけらのプライドが美月を押しとどめていた。

「そろそろお茶の時間でみんなが集まってくるから、もう電話は切るぞ。部長がロンドン旅行のお土産で紅茶を買ってきたんだ。また電話するまでに、考えておいてくれよな」

卓馬は、あっさりと電話を切った。何が新しい紅茶だ。バカらしいと思う一方で、緩い生活がうらやましくてしかたなかった。

ちょっとした行き違いさえなければ、美月もそんな生活を送ることができた。

決算前の忙しい時期を除けば、パソコンで各支店の収益状況を確認し、成績の低い支店にはときどき電話を入れるのがおもな業務だった。それで給料がもらえる生活を放り出してきたと思うと、とんでもない貧乏くじを引いてしまったように思えてきた。

「トミヤマ様。再融資三〇万円で、一時間後にご来店でーす」

小笠原伸江の高い声が上がると、まばらな拍手が聞こえてきた。契約がほぼ決まったようだ。美月も立ち上がると、拍手に加わった。

「おめでとうございます。小笠原さん、今月も主婦のパワーで絶好調ですね」

「やだ、恥ずかしいところ見せちゃって。こんなの何でもないわよ」

「でも融資の設定だけで、今月はもう十件を超えてるじゃないですか」

「うちの会社の営業は基本的に受け身でしょ。かかってきた電話で話を進めていけばいいんだから、むずかしくも何ともないわよ」

「これだけの数字があると、ものすごく楽になりますよ」

美月の言葉に、小笠原は照れたような表情を見せた。

支店営業での第一の目標は、融資残高の拡大にある。営業担当者の成績を毎月貼り出して競わせているが、大宮駅前支店の契約の成績トップは、ほぼ小笠原の定位置になっている。外線電話にいち早く対応する態度に表れているように、営業に対する熱意は誰にも負けなかった。

「今月は最高記録を目指すからね」

「頼もしいですね。何か変化でもあったんですか?」

「べつに何かあるわけでもないけど、これから子どもたちにお金がかかるようになるし、やることはちゃんとやっておかないとね」

「この人バツイチで二人の子持ちだからさ、家族の分も稼がなきゃいけないんだよ」

江口が横から口をはさんだ。

「そんなことばらさないでよ。私だって好きで別れたわけじゃないんだからさ」

「だらしない男が世のなか多すぎるんだよね。稼ぎもないくせに、暴力振るって、よその女に走る。賭けごとやってなかっただけマシかもしれないけどな」

「そういう江口さんだってバツイチだからね。まあ、この人が旦那さんだったら、まだ別れてなかったかもしれないけど」

江口はパソコンに目を戻すと、関心なさそうに答えた。

「怖いこといわないでくれよ。楽しい独身生活が奪われるなんて、想像したくもねえからよ」

「小笠原さんの前のご主人は、どんな方だったんですか？」

二人があまりにも軽く話題にするので、美月も疑問をぶつけてみた。

「しがないサラリーマンよ。今はどうか知らないけど、小さな工務店で経理の仕事をやってたの。たいして収入もないくせに飲みに行くのは好きでね、気づいたらほかに女作って」

「いいように利用されてな。人が好きすぎるんだよ。疑うっていうことを知らないからね、この人は」

江口の言葉に、小笠原が苦笑いしてうなずいた。

「本当に私って、男を見る目がないと思うわよ」

「借金だけ残されてな。なかなかできないやり方だぜ。女に稼がせて、子どもと借金だけ残して逃げていくなんてさ。敵ながら、道徳心をきれいさっぱり捨ててるのはさすがだと思うよ」

「ちょっと、江口さん、何誉めてんのよ。イライラしてくるからやめてよ。まあ、今となっては、腹を立てるのももったいないくらいの気持ちになったけどね。私、背後に男の気配がする女性のお客さんからの申し込みは、絶対に断るようにしてるのよ。男に貢ぐために金借りたって、本人のためになるわけないから。借金にはね、いい借金と悪い借金があるの。こんな金貸しの立場になったんだから、だまされる女の側に立ってあげなきゃ、自分の経験がムダになるだけだからね」

通常は、どんなことに融資資金を使おうが、消費者金融会社が関与することはない。顧客の私生活まで考える小笠原の姿勢が、美月には不思議と頼もしく思えた。

「……だから、もういい加減にしてくださいよ」

部屋中に響き渡るほどの怒鳴り声に、全員が振り向いた。冷静なイメージの三木田が、顔を真っ赤にして受話器を持つ姿が目に入った。

「……借りたものはきっちり返す。それが約束じゃなかったんですか。そりゃ、事情っていうものはありますよ。だからこっちだって、絶対に期日を守れとはいってない。大目に見ているところもある。ただ理由はきっちり話してもらえなきゃ、これからどうするかも決められないっていってるんです」

延滞する顧客の典型だ。金がないのに理由がないことはわかっている。でも用意しようとして走り回らなければ、いつの間にか地獄に落ちてしまう。少しでも現実につなぎ止めていられるように、助けてあげるのも督促の役割だ。

それがわかってるから、大声で怒鳴っても誰も気にしない。雄次たちも、会話を切り上げると仕事に戻った。

「……それがあなたの誠意なんですね。本当にそうだっていうなら、こっちにも考えがある。ちょっと待っててくださいよ」

三木田は受話器を置くと、隣の小笠原に顔を向けた。

「ダメだな、このおっさん。完全に開き直ってる。返す気がないな」

「金額はいくらくらいなんだい?」

小笠原がお茶を飲みながら訊いた。

「二五〇万。他社の分もうちに持ってきたんですよ」

「何でそんなに貸し込んでるんですか? 延滞先の上限は一〇〇万円ですよね」

「あんた、本社にいたくせに何いってるんだよ」

美月の質問に、江口があきれたような表情をした。

「融資の取りまとめをしろって、ちょっと前に本社が指示出してただろ。あのときに貸し込んだ客だよ」

「あのキャンペーンですか?」

「そうだよ。こっちもどうかと思って進めたけど、案の定この調子だよ。だからいい加減な運営をされると困るんだよ」

美月も、うっすらと記憶に残っていた。融資の減少に危機感を持った営業企画部の部長が、ペンギンファイナンスに借入れを一本化すれば金利を優遇するというキャンペーンを考え出したことが何年か前にあった。

「利息分だけでも返そうっていう気もないんですか?」

「そんなものが残ってたら、今まで借金を引きずってませんよ。だいたい今頃は、年収もせいぜい三〇〇万円っていうところでしょ」

「職場は?」

「自営業のパン屋です」

江口の質問に、三木田が答えた。

「やっかいなのに当たっちまったな。職場に電話しても、何のプレッシャーにもならないか。家族は?」

「奥さんと子どもが二人です」

「どうせ奥さんは、そんなこと承知なんだろ。自営業の奥さんは、共犯と一緒だ。やるなら子どもだな」

「やめてよ。子どもは関係ないんだからさ」

子どもと聞いて、小笠原が語気を強めた。

「そんなこといってる場合か。このままじゃ、一円も回収できなくなるぞ」

「そうだけどさ……」

「何をするんですか?」

美月の問いに、江口は腕を組んだ。

「現地調査だよ。実際には、パン屋の自宅に行って、子どもたちのいる前で借金の取り立てをするんだ。普通だったら、子どもの前で恥かきたくないっていうのが、親の気持ちだ。ちょっとはまともに対応してくれるはずだ」

「訪問なんてできるんですか?」

「通常の顧客ならダメだ。でも、ずっと延滞してるんだろ?」

「三ヵ月ちょっとです」

「それで向こうの対応はこんな感じなんだな?」

「ほとんど変わらないですね」

「それじゃ、連絡が取れないっていうのとほとんど変わらねえよ。連絡が取れなくなって三ヵ月以上たつ顧客への訪問は、返済意志の確認だけなら問題ないはずだ」

「べつにそんなやり方しなくたって……」

小笠原が心配そうな顔をするのを無視して、江口が続けた。

「そろそろ手を打ったほうがいいと思うよ。子どもが小学生だったら、ちょうどご飯を食べ終わってテレビでも見てる八時頃がいちばん効果的だろ。悪いけど、やっといてくれねえかな」

「私がですか?」

話の流れが急に自分に来たことで、美月はむせ返りそうになった。

「そりゃそうだよ。ほかに誰がいるんだ?」

「みなさんだって、いらっしゃるじゃないですか」

「電話営業をやらなきゃいけないっていうのに、こんな渉外のために残業しろっていうのかい？　そんなムダなことはできねえよ」

「できねえよっていわれましても……」

「俺劇団あるし」

「私は子どもたちの世話をしなくちゃいけませんしね」

「ボクも原稿終わってませんし」

「ちょっと待ってくださいよ。私だって事情がよくわかりません」

美月の訴えに、誰も耳を貸すつもりはなさそうだった。

「そういわれてもなあ……」

「江口さんもダメなんですか？」

「自分は早番だからもう帰るよ。代理さんも本社でやってたなら、どんな運営になってるか現場を見ておいたほうがいいんじゃねえか。いい勉強になるぞ」

「そうだよ」

同調する声に美月はどう反応してよいかわからず、全員の顔を見回した。「代理さん」という呼ばれ方に、いつの間にか違和感もなくなっていた。

「べつにそこまでの手段は、まだ取らなくてもいいんじゃないですか？」

「あんたがそう思うなら、やらなくてもいいよ。でもこのパターンは絶対に逃げる口だ。放っておいてどうなっても知らないよ」

雄次の言葉に美月は江口にすがるような視線を送ったが、あっさり目をそらされてしまった。すでに自分の顧客のデータ整理をはじめている。小笠原はかかってきた外線電話に対応し、宮原は枝毛を抜いていた。

「ここはひとまず状況がわかるまで様子を見てみましょう。べつに延滞を認めるわけじゃないけど、この場で判断を下すのも急ぎ過ぎな気がします。明日本社に相談したうえで、方針を決定する。それでいい？」

「本社に相談したって意味ないと思うけど、まあ、代理さんがそういうんじゃしかたないか」

三木田は、もう一度受話器を手に取って話しはじめた。声を下げて話すので、何を話しているかは聞こえない。次第に口を動かすことが少なくなった様子に、嫌な予感がした。

「ヤバいな。こいつ、逆切れしてます」

三木田は保留ボタンを押すと、受話器を置いた。

「逆切れって、こっちの対応にか？」

「何が地雷だったのかわからないけど、爆発しちゃってますよ」

「何ていってるの？」

「今から来るって騒いでます」

「ここにか？」

「俺と話したってしかたないんで、代理さんに会いに来るらしいですよ」

「そんなこといわれたって、どうすればいいのよ？」

「まあ、放っておいていいんじゃねえか」

「いいんですか?」

江口の笑いを含んだ言い方が、美月には不気味に思えた。

「逃げるわけにはいかねえだろ。お客さんが会いに来るっていってるんだから」

「そうですけど……」

「先方の要求は何なんだ?」

「けじめをつけるとかいってました」

「身体で落とし前をつけるっていう意味だな」

「ときどきいるんだよな。そういうのが」

「そういうのって?」

「指だよ、指。指切るんで、それで勘弁してほしいっていう輩がね」

雄次が小指を切るしぐさをしたので、美月は思わず顔を背けた。

「そんなことされても困りますよ」

「もちろん。俺たちが欲しいのは金だけだ。期日までに返してもらえればそれでいい。でも世のなかには、誠意だけでも見せたいっていう連中がいるんだよ」

「どうすればいいんですか?」

「指切ってもらったって一円にもならないけど、どうしても切りたいっていうなら見届けてやるんだろうな」

「えっ?」

「この支店のヘッドに誠意を見せたいっていうんだから、聞いてやるしかねえだろ。それとも借金棒引きにしてやるか?」

「そんなこと、私たちの判断じゃできないじゃないですか」

「そうだ、あれあるだろ」

江口が問いかけると、三木田が思い出したように瓶を出した。

「これですか?」

「そう、それそれ。三木田君が今までに勝手に切り落としていった指をホルマリン漬けにして保存してくれてるんだよ。勝手に捨てるわけにもいかねえだろ、いつ返せっていってくるかもわからないし」

「見てみますか?」

「ちょっと、それは……」

美月は転びそうになりながら、三木田から遠ざかった。

「支店長になりたいんだったら、今のうちに確認しておいたほうがいいんじゃないですか?」

「そんなの置いてかれたときの俺たちの苦労もわかるからさ」

「わかりました、わかりました。皆さんの苦労はわかりましたから、それをしまってください」

「本当にわかってる?」

雄次は、確認するように繰り返した。

「わかってます」

「もう許してあげなよ。みんな意地悪いんだからさ。冗談だよ。そんなものあるわけないじゃない」

「冗談?」

小笠原の言葉の意味を理解しようとしていると、五時を知らせる音楽が鳴ったので、美月は心臓が止まりそうになった。

「時間切れか」

「しかたないな」

「ちょっと待ってください。どこに行くんですか?」

「どこにって帰るんだよ。もう業務終了の時間だろ。時間外手当なんて払われねえんだから、残るだけムダだろ」

「そうですけど、お客さんが来るっていうのは本当なんですか?」

「そんなことといってたのは事実です。本気にする必要もないと思いますけど」

「適当に対応しといてくれよ。話せばわかるかもしれねえからさ」

「そんな……」

「悪いけど、俺も先に失礼するよ。稽古に行かなきゃいけないから」

早番の雄次と江口が荷物をまとめて出ていくと、宮原が後に続いた。

席に戻った三木田は、瓶をしまうとしばらくべつの仕事にとりかかっているようだった。小笠原は電話営業をしていたが、九時の業務終了を告げる音楽が鳴ると帰ってしまった。美月が一人で後始末することを気にしている風だったが、あっさり家族をとると決めたようだった。

美月は立ち上がると、営業課のフロアを確認した。もうすでに誰も残っていない。スタッフがいなくなると、支店にかかってくる電話もなくなるのが不思議だった。

転勤してきて、一週間も続けて自分で鍵をかけなければならなくなるとは思ってもいなかった。かつては支店長が支店の鍵を持ち歩いている理由がわからなかったが、こんな事情があったのかと今なら納得できる。

まず何から手をつけようか。そんなことを思って来客のことを考えないようにしていたので、ブザーが鳴ったときには背筋が凍りつく思いがした。

美月はロックのかかった裏口のドアの前に立った。どうにかして、誰かに替わってもらうことはできないだろうか。とにかく本社に戻りたい。こんなことになるんだったら、平井部長に土下座でも何でもしてやるという気持ちを吐き出したかった。

美月がロックを解除せずにドアの前から確認すると、商店街の喧騒とともに聞こえてきたのは予想外の声だった。

「毎度、ドレミファピザでーす」

「ピザ?」

「宅配のお届けに上がりました」

「何かの間違いじゃないの?」

「間違いって、オーダーいただいてるはずですけど……」

「べつの階じゃなくて？」

「ペンギンファイナンスさんですよね？　アンチョビとソーセージのピザを一枚オーダーいただいてます」

「オーダーって、証拠はあるの？」

「はっ？」

「持ってきたのがピザだっていう証拠よ」

怪しい動きに、美月は口調を強くした。

「証拠っていっても、うち、ピザしかやってませんし」

「身分証明書は？」

「免許証ならありますけど、そこまで確認するんですか？　自分はピザの配達してるだけですよ。もしあれだったら、店長呼びましょうか？」

悩んだ末に美月がゆっくりとドアを開けると、ドレミファピザの制服を着た男が不思議そうな顔をして立っていた。

「これでいいですか？」

恐るおそる伝票を受け取ると、宮原の名前でオーダーが入っている。香ばしい匂いが漂ってくるところからして、本物のようだった。

「ありがとう……」

美月は代金を払ったが、頭が混乱してつり銭を数えるのも忘れていた。何かのメッセージだろうか。しかし自分のデスクでもう一度確認しても、ただのピザとしか思えない。

身に覚えのないものを送られたときの対処法を調べようとしてパソコンを見ると、メールが届いていることに気づいた。

――お疲れさまです。ご依頼の夕食は宅配ピザを頼んでおきました。お口に合うかわかりませんけど。(私はオススメです!) お代は直接お願いします。

美月の頭に、昼の宮原とのやり取りが思い出された。帰りが遅くなりそうなので、夕食を頼んでいたのをすっかり忘れていた。女性にしては、脂っこいものを好む自分の好みを考えてのものなのだろうか。

「こんなときにピザ?」

安心する一方で、身体はすぐには動かなかった。あまりに驚くと、足がいうことを聞かなくなる。美月はしばらくメールを見たまま、椅子から立ち上がることもできなかった。

パン屋のクレームはどうなったのだろうか。先ほどの電話から、もう四時間以上が経過している。どう考えても遅すぎるような気がするが、電話でいつ頃来るのか確認するのもおかしな話だ。こういった場合の顧客への確認も、一日に三回までとされている架電回数に含まれるのだろうか。社内ルールをチェックしようとすると不意に空腹を感じて、美月は手もとのピザにかじりついた。

ソーセージにたっぷりとかかった真っ赤なトマトソースが思いのほか美味しくて、自分の間抜けな対応を小ばかにされているような気分だった。

第二章　九月九日（木）

ほんの少し前に進む勇気さえあれば、人生を変えることができる。

その一歩が踏み出せないのは、変わった後の自分に自信が持てないからだ。未来に不安を感じはじめたのは、いつ頃からだろうか。少なくともペンギンファイナンスで働きはじめるまでは、安定した生活を見下す自分がいたような気がする。

仲本雄次が何度も思い描くのは、自分の気持ちをさらしたときの高嶺延彦の驚く表情だ。

「お前、本当に役者がやりてえのか？　興味半分でいってんじゃねえだろうな」

高嶺は手にしたタバコに火を点けずに、驚いたような表情を雄次に向けるだろう。

「中途半端な気持ちじゃありません。もう一度チャレンジしてみたいんです」

「仕事はどうするんだよ。会社務めしながらできる役なんてどこにもねえぞ」

「会社は辞めます。上司にも相談しています」

「おいおい、そんなこと勝手に決めるなよ」

話の急な展開にも乱れた様子を見せないのは、高嶺が演出家だからか。冗談だと思っているのだろう。高嶺は驚くようでいて、楽しんでいるような表情をしながらタバコの煙を吐き出すに違いない。

「いろいろ考えたうえで、ほかに選択肢はないと思ってました」

「だいたい、お前今年いくつだよ」

「三三歳になります」

「若くもねえよな。今から役者になって、何で売っていくつもりだよ。演技か？　顔か？　踊りとか歌でもできるのか？」

「自分に華がないことはわかっています。せいぜい渋い演技ができることを武器にするくらいです。でもそんな自分を見たいというファンが少しでもいれば、続けていきたいんです」

「何がファンだよ。寒いこといってんじゃねえよ。甘いんだよ。何ができるか考えてからいえっていうんだよ。お前のファンになるっていう奴の顔が見てみてえよ」

ソファに足を組んで興奮する高嶺延彦を抑えるように、舞台監督の皆川明が口をはさむのがいつもの流れだ。皆川は高嶺より年上で、劇団ではいちばんの古株だ。

「雄次君さ。役者でやっていくっていったって、簡単じゃないことはわかってるだろ。この劇団で、プロっていえるのは叶ちゃんくらいなもんだ。杉並さんだってあんなにキャリアがあっても、アルバイトの居酒屋のほうが稼ぎが大きいくらいだ。悪いこといわないから、もう少し考えたほうがいいって」

「もう考えました。そのうえでの結論です」

「まあ、そう急がないでさ」

事務所の雰囲気を変えようとすると、紙コップにインスタントコーヒーを作るのが皆川の癖だ。こんな状況では、雄次の分まで作ってくれるかもしれない。

「もしかしたら、広報の仕事をお願いしたのを根に持ってるんじゃない？　あれは高嶺ちゃんが気を遣ってのものなんだぜ。世間の目はいろいろあるかもしれないけどさ、今の会社は給料もいいし、公演前は早く帰らせてくれるっていうし、ずいぶん理解があるみたいじゃない。そんなにいい会社辞めたらもったいないって。雄次君に広報をお願いしたのは、そういう立場もうまく使って働けるようにって配慮してのことなんだ。べつにこれからもずっと役者ができないっていうわけじゃないいんだしさ。少し考えてみてよ」

「もう後悔したくないんです」

どこかでこの一言をぶつけるつもりだ。二人は何もいえなくなって、ただ唾を呑むしかないだろう。

「これからは、自分のやりたいことをやっていきたいんです。それでダメだったら、きれいさっぱりあきらめるつもりです。ただ最後の一滴まで汗を流して、そのうえで判断したい。だからこんなお願いをしているんです」

何度も考えたセリフだった。考えるのはたいてい、朝目を覚まして、ベッドから出るまでの時間だ。この間なら雄次は、何でも好きなことを想像することができる。

不思議なのは、どんなに素晴らしいセリフも、ベッドから出たとたんに輝きを失ってしまうことだ。とくにこの日は、寝坊したうえに前日の会話が雄次を幻滅させていた。

「お前、いつまでも会社員気取りでいるんじゃねえぞ」

現実の世界では、雄次は劇団の事務室で、灰皿にタバコの山を築きながら怒鳴り続ける高嶺の説教にひたすら耳を傾けていた。

夕方五時まで働いてから稽古に行ったのが、気に食わなかったのだろう。機嫌が悪いタイミングにぶつかってしまったことが、不機嫌な口調から伝わってきた。

「べつにそういうわけじゃないですけど……」

「だったら何でこんな時間になるんだよ」

「どうしても会社を抜けられなくて」

「そういう奴がいると、緊張感がなくなるんだよ。今がどれだけ大事な時期かわかってるんだろうな？　やる気がねえから遅くなってるようにしか俺には思えないんだよ」

生活費を稼ぐために、劇団員はたいていアルバイトをしている。公演前はなるべく早く仕事を切り上げて稽古に参加するのが条件だったが、昨日はどうしても連絡を取る必要のある顧客の対応で早く帰れなかった。

雄次が仕事を続けているのは、ペンギンファイナンスを辞めたところで今の収入を維持する見通しが立たないからだ。

消費者金融の営業はきつい仕事だが、ある程度の経験があればこなしていける。支店採用の契約社員は一気に収入が増えることはないが、ぜいたくをいわなければ多少の無理は聞いてくれる。

「まあ、広報の仕事がおろそかになってるわけじゃないですから」

皆川も、ずいぶんと突き放したいいぶりだった。

「チケットの販売は進んでるんだろうな?」

「ここまでは順調です。話題性が高いですから、関心はまずまずです」

雄次の言葉に気を良くしたのか、高嶺は満足そうにコーヒーを飲んだ。

「せっかく会社にいるんだからチケットをいっぱいさばいて、役者を楽にさせてあげろよ。ギャラがチケットの支給じゃ、あいつらかわいそうだろ」

「わかりました」

お辞儀をして事務室から出るとき、いつも何ともいえない気まずさがこみ上げてくる。広報とは名ばかりで、雄次のいちばん重要な役割はチケット販売だ。

会社で働きたくて稽古をおろそかにしているわけでもなければ、チケットを売るために会社で働いているわけでもない。いつからかものごとの順序が、おかしくなってしまっていた。

雄次はベッドから抜け出すと、携帯電話を探した。窓の外の明るさからすると、八時前だろう。いつもより一時間近く遅い。

「ごめん、寝坊しちゃったよ」

宮原志穂の直通番号を押すと、本人が出たことにほっと胸をなでおろした。

「またですか? まさか、まだ部屋にいるんじゃないでしょうね」

「今起きて、真っ先に電話したところだよ」

仲の良い宮原が相手でも、会社を休むかどうかで、うじうじと悩んでいたとはいえなかった。

「体調でも悪いんですか?」

「そうだといいんだけど、残念ながら絶好調だよ。代理さん、もう来てる?」

雄次は、先週になって支店に異動してきた田村美月の顔を思い出した。支店長代理という肩書きが珍しくて、「代理さん」というのがスタッフの間でニックネームになっていた。

「とっくに来てますよ。今日も雄次さんが当番なんじゃないですか?」

「何の?」

「ティッシュ配りですよ。代理さんが探してましたよ」

「昨日やったばっかりだぞ」

「みんなで決めたんじゃないんですか? 当番表には雄次さんの名前が書いてありますよ」

「やべっ」

「代理さん、一人で行っちゃいましたよ。早退させてほしいってさんざん騒いでたくせに、遅刻はまずいですって」

「そんなこと思ってないけどさ……」

雄次は慌てて否定すると、洗面所に向かって歯ブラシを口にくわえた。

「嘘ばっかり。ちょっと遅くなるから、適当にボードに書いといてって頼もうとしてたくせに」

「うるせえな。代理さん、怒ってたか?」

「そうでもなかったみたいですけど。今日も早く来て掃除してたみたいだし、ティッシュ配りも率先してやってるし、あんまり冷たくしたら悪いですよ」

「しょせんは会社の人間だろ。俺たちをうまく使おうとしてるだけだよ。いつ北山みたいに態度を変えるかわからないから、女だからってあんまり期待しないほうがいいぞ」

「期待なんてしてないけど、何となく今までの支店長とは違うような気がするんですよね」

雄次は電話を切ると、顔を洗いながら宮原の言葉を思い返してみた。

本社から来た人間に関心が湧かないのは、生きる世界が違うと割り切っているからだ。

支店で採用された契約社員には、基本的に異動はない。仕事内容も変わることがないので、同じ社員と接点を持つのは数年間だけだ。どうしても関係は表面的になりがちで、彼らの生活をバカにすることはあっても理解しようという気にはならなかった。

ただ、美月に今までの支店長とは違う雰囲気を感じるのも事実だった。本社での待遇が良くなかったという噂で、会社に対する不満を隠そうとしない。消去法でしか人生を選べない自分に苛立っている様子が、他人事に思えなかった。

雄次はすぐに着替えると、時計を見た。八時四五分。北浦和に住んでいるが、自転車を飛ばしていけば、どうにか九時までには大宮駅前にある会社に滑り込める時間だ。

午後休はむずかしいにしても、どうにか早退させてもらおう。そんなことを考えながら、ニット帽をかぶってアパートを飛び出した。


大学卒業後、雄次はある俳優の付き人になった。芸能プロダクションに籍を置き、自分でもちょっとした役をしながら、俳優の世話をする。そんな生活にあこがれていたわけではなかったが、少しでも芸能界に近い世界で暮らしていくには、ほかに選択肢がなかった。

物珍しさだけで、生活は長く続かなかった。付き人はあくまでも付き人で、役者としての仕事はいつまでたっても回ってこなかった。芝居でもドラマでもいいので、とにかく人前に立ちたい。そう思って付き人を辞め、お笑いの世界に方向を変えたのが二年後のことだった。

撮影の合い間、役者を相手に暇つぶしの話をするのが得意で、いつからかネタ集めをするようになっていた。事務所の社長に相談すると、大阪でお笑いをやっていたという若手を紹介されて漫才のコンビを組むことになった。

観客席が雄次の一挙手一投足に、揺れるようにどっと笑う。観客との一体感は、雄次が芝居に求めていたものだった。同じ歳の相方との相性も悪くない。悩みがあるとすれば、相方が自分でネタを作ろうとしないことくらいだった。いつも雄次がネタを考え、一方的にダメ出しをされるのにギャラは等分というのが気に入らなかった。

お笑いブームに乗っていくつかのライブに出演しながらも、雄次のなかで役者への思いは消えなかった。オーディションへの申し込みを繰り返すなかで、雄次がようやくチャンスをつかんだのが二七歳のときだった。ある映画への出演が決まったが、撮影が愛知県の山奥だったのでお笑いの活動は休止せざるをえなかった。

先に現実に気づいたのが、相方だった。活動が休止になったのを機に、コンビを解消しようと申し出てきた。俺には、自分の芸が面白いとは思えんのや。電話で笑いながらいう相方の声が震えていた。

話を聞きながら、雄次は反応しようにも言葉が出てこなかった。自分のネタが面白くないのがショックではなかった。そんな相方の思いに気づかずにコンビを組んできた自分が、バカらしくてしかたなかった。

「俺なあ、警官になろうと思うんや」

「どこのドラマだ?」

「ドラマやない。本物の警官や」

「そりゃ、お前らしくない堅い仕事だな」

おちゃらけた言い方をしたのは、彼の思いをたしかめたくなかったからだ。そんな生き方がしたくないからこそ、お笑いをしていたはずだった。

漫才は観客を笑わせる商売だ。深刻な顔をしたら負けだった。彼の話を簡単に認めることは自分の生き方を否定するように思えて、耳をふさぎたくなった。

「親に勧められてな。最初はバカらしいと思っとったが、一度考えはじめるとなかなかいいアイデアに思えてな」

「そんなのがお前に務まるか。大変な仕事なんだろ?」

「ダメやったら、また次を探せばええんや。俺にとってのオーディションみたいなもんや」

「ずっと悩んでたのか?」

「お前がいなくなってからな。警官に申し込めるのが二八歳までやな、あと一年しかないっていうのも考えるきっかけになったんや」

「そうか……」

このときは、それ以上いわずに電話を置いた。忙しくて自分から電話もできない時期が続いたので、彼が正式に事務所を辞めたと聞いたのは、映画の収録が終わってからだった。

相方がいなくては、漫才はできない。劇団に入って芝居をしながらいくつかのアルバイトを転々として、雄次はペンギンファイナンスで働くようになった。

「おはようございます」

従業員出入り口のドアを開けて小さめの声で挨拶すると、小笠原伸江の声が聞こえてきた。今日の早番は、雄次と小笠原だった。

「重役出勤かい？　ずいぶんなご身分だね」

雄次の顔を見ると、小笠原が受話器を置いて冷やかした。

「劇団のほうもいろいろあってさ」

「宣伝するのが忙しいのかい？」

「ポスターを貼るだけが仕事じゃないからね。マスコミへの売り込みからチケット販売まで、雑用は何でも広報担当なんだよ。本番まで一週間しかないから、やることが山ほどあってさ」

「そりゃあ、大変だと思うけど、あんた、今日もティッシュ配りの当番だったんだろ？　代理さん、コールセンターのほうに行ってるから、謝ってきなよ」

「面倒臭せえな」

雄次は座ってパソコンを立ち上げると、開けようとしたペットボトルのお茶を置いて階段に向かった。

コールセンターは同じビルの六階にあるが、一度オフィスを出なければべつのフロアに行けない構造になっている。雄次は、六階の入り口から室内を確認した。

「おはようございまーす」

雄次の顔を確認すると、スタッフの女性が何人か挨拶の声をあげた。お客さんはいないようだ。

二〇代半ばの若い女性ばかりのフロアは全員が年下なので、この部屋に入る瞬間は何度経験しても気持ち良い。雄次は返事をすると、美月の顔を探した。

「今日はごめんな。一人でやらせちゃって」

「休みじゃなかったの?」

雄次の顔を確認すると、スタッフと話していた美月が驚いた表情をした。

美月は、白いブラウスにグレーのスーツを着ていた。黒縁のメガネにほとんど化粧をしていないのは、生活に余裕がないからだろうか。長い髪の毛をおろせばもう少し女性らしさが出ると思うが、きっちりと結わえているところに気の強さを感じさせた。

「昨日やったばかりだから、すっかりもう終わったと思い込んでたんだ」

「べつにいいわよ。体調は大丈夫?」

「えっ?」

「具合が悪そうだって、宮原さんがいってたから」

「ただの寝坊でしょ。雄次さんが病気になるわけないじゃない」

石本希美という、コールセンターの主任が口を挟んだ。

石本は短大を出てから大宮駅前支店で働いており、マーケティング課でのキャリアはリーダーの増山恵子に次いで長い。ぽっちゃりした身体つきで、くっくっくと本当に楽しそうに笑う声が特徴だった。

「劇団のほうがいろいろあってさ」

「どうせまた昨日遅くまで飲んでて、起きられなかったとかじゃないの？」

「そうなの？」

「何いってんだよ。稽古だよ。飲んでたわけじゃないって」

「どうだかね。まだ目が赤いし。隠したってわかるんだから」

「ちょっとだけだよ」

「やっぱりね。いいよなあ、営業課は楽しそうで。私なんて生活かかってるから、そんなことしてたらすぐクビ切られちゃうよ」

「もう勘弁してよ。いつも感謝してるんだからさ」

雄次は苦笑いしながら、石本の表情をうかがった。

マーケティング課が設立されたのは数年前だ。

督促は定型的な会話が多いうえに、手紙やメールだけではなかなかメッセージが伝わらない。そこで効率的に債務者に督促する方法として、コールセンターが導入されることになった。ペンギンファイナンスでも、今ではほぼすべての外線電話を集約している。

「まあ、こっちに迷惑かけないでくれればいいんだけどね。最近あんまり変な人に貸し込んだりしてないんでしょ？」

「大丈夫だから安心してよ。その辺は本社も今はうるさいから。ねえ、代理さん」

「そうねえ……」

いきなり振られて困った顔をする美月を見ると、石本がいつもの声で笑った。

「本社にいたことがあるんですか？」

「あるどころかずっと本社だよ。営業企画部のエリート。営業戦略を立てるのもこの人だったんだから」

「そうなの？　本社の戦略には、本当に苦労させられてるのよ」

「えっ？」

「無茶なことばっかりいうし、月ごとにいうことがころころ変わるし。ねえ増山さん、代理さんって、本社でうちらに指示してた人なんですって」

「そうみたいね」

石本に訊かれるのを待ってましたとばかりに、増山恵子が近づいてきた。

マーケティング課リーダーの増山は、一年前に子どもを産んで育児休暇から復帰したばかりだ。短大のときにモデルをしていたという噂で、一七〇センチ以上ある長身はどこにいても目立つ。演劇を観に行くのが好きで、何かと雄次と芝居の話をすることがあった。

「何だ、知ってたんだ？」

「本社の司令塔よ」

「べつに、私が考えていたわけじゃないわよ」

「そうだよ。社員っていったって、個人で決められることなんて、ほとんどないんだからさ」

雄次が代わりに答えると、石本は不満を引っ込めて下を向いた。

「そうかもしれないけど……」

「これでも食べて、気持ち良く仕事しようよ。カリカリしたらしわが増えるって」

「雄次さん、ひとこと多いよ」

雄次は紙袋からシュークリームを出すと、一人ひとりお礼をいいながら配りはじめた。会社に来る際に近くのケーキ屋で買ってきたものだ。

たいして珍しくもないチェーン店のものだが、もらって嫌なものではない。いつの間にか彼女たちの表情にも笑顔がこぼれていた。

「みんな、雄次さんから差し入れだよ。一緒に食べよ」

増山恵子が全員のスタッフを呼ぶと、この日は電話が少ないのか、六人のメンバー全員が集まっていた。

「やっぱり恋わずらいには甘いものがいちばんね」

増山がシュークリームを食べながらつぶやくと、石本希美が袋を開けようとする手を止めてため息をついた。

「ホント、最近イライラしてばっかり」

「この子ね、彼ができたんだけど、二股かけられてたの」

「どう思います？　つき合って二週間で浮気ですよ。しかも相手は、同じ飲み会に行った友だちなの」

「同じ合コンで飲んでた子よ」

「そうなの？　信じられない」

石本の話に入社したばかりのスタッフが反応すると、またたく間に会話が広がっていった。

「私がその子と、仲いいって知ってて誘ってるのよ」

「ひどーい」

「声かける男もそうだけど、引っかかる女もどうかと思わない？」

「石本さんがつき合ってるって知ってたんでしょ？」

「ホント、そんなことも知らず相談してた私がいちばんバカみたいよ」

コールセンターのスタッフは、リーダーの増山を除いて独身だ。歳もあまり離れていないので、会話がはじまると上司の前でも止まらなくなる。誰かの悩みをみんなで聞いては、勝手な助言をする関係が雄次にはうらやましく思えた。

「代理さんはどう思います？」

「そうねえ……」

石本の問いかけに、美月は腕を組んで少し頭を傾けた。

「私だったら相手の男性を許さないいな。そんなのただの裏切りじゃない？」

「謝罪させますか？」

「そんなことしてもらっても意味ないでしょ。どうせ同じようなことをほかの女の子にもしてるんだから、みんなの前で思いっきり引っ叩いてやらないと気が済まないな」

「代理さんのビンタって、本当に痛そうですね」

増山の言葉に、スタッフがいっせいに笑った。

「雄次さんのところの劇団って、もうすぐなんでしょ？」

増山恵子が思い出したように話題を変えた。

「来週からの公演に向けて、猛特訓中だよ」

「新しいのをやるんですって？」

「よく知ってるね。演出の高嶺さんの新作だよ。主演はもちろん叶実絵子」

「またあの女が出るの？」

「うちの看板女優だからね」

「演技がわざとらしくて、私は苦手だな」

増山が嫌なものを見たような顔をすると、石本はうっとりとした表情を向けた。

「そうですか？　私は大好き。あの存在感はなかなかプロの女優でも出せないわよね」

「石本さんのお気に入りだよね」

「いい顔をするのよ。華があるっていうかね、あの人が出てくるだけで舞台がパッと明るくなる気がするの」

「わかるなあ。それができる女優は、プロでもあんまりいないんだよ」

「この前、泣きながら長く話すシーンがあったじゃない。あれ何でしたっけ？」

雄次が、有名な英国の劇作家の名前を挙げた。

「そうそう。怒ってたのにいきなり涙を流す場面なんて、こっちも力が入っちゃってね。私、大声で泣いちゃったもん」

「あれは評判良かったんだよな。今回の舞台のポスター、叶実絵子を使ってるんだけど、内緒で持ってこようか？」

「いいの？」

「もちろんだよ。そこまでいってもらえるファンのためと思えば、誰にも反対させないから。広報担当の腕の見せどころだ」

石本希美が身を乗り出すようにして劇団の話をしはじめると、もうこっちのものだ。劇団にいるメリットは、最大限仕事に活用する。来店のベルが鳴ったのを機に、美月と雄次は席に戻ることにした。

「あのシュークリーム、わざわざこのために用意してきたの？」

「駅前の店で買ってきたんだ。あの子たちの機嫌はしっかり取っておかないと、仕事にならないから」

「相変わらず、女の子の相手がうまいわね」

「ここのスタッフの子は、みんな甘いものと雑談が大好きなんだ。その二つさえ振っておけば、うるさいことはいわなくなる。女の子なんて、だいたいみんな同じだろ？」

「そうかもしれないけど、そういうの、私は苦手なのよね」

非常階段を上りながら美月の顔を見ていると、雄次は不思議な気持ちになってきた。

雄次の記憶のなかで、田村美月はいつも考え込むような表情をしていた。わからないことにぶつかると腕を組むのが癖のようで、雑談をしているときの笑顔にはじめて女性としての素顔を見たようだった。

「そういえば昨日は大丈夫だった？」

「昨日？」

「三木田の担当のパン屋が押しかけてくるとかいって、騒いでたじゃない？　どうだったのかと思ってさ」

「それが来なかったのよ、結局」

「そうか……」

「いろいろやることもあったし、一二時まではいたんだけど」

「そんなに遅くまで待ってたの？」

「しかたないじゃない。お客さんが来るっていうんだから」

「たかがクレーマーだろ？」

「でも、本社に連絡されても困るし。みんながどう対応してるのかわからなくて、心配で放っておけなくてね」

「脅せば何とかなるって考えるお客さんがいるんだ。あんまりそういうのは、真に受けないほうがいいよ」

「そうなのかなあ。その辺の見分けがまだつかないから。また教えてね」

美月は階段を上ると、デスクに向かわずにトイレのほうに歩いて行った。

背中には、その人の本当の感情が表れるという。自信なさげに歩く美月の後ろ姿を見ていると、普段の彼女が無理して胸を張っているようで、雄次は前日の冗談を笑い飛ばす気になれなかった。

「昼飯でも行きませんか？」

督促の電話が一段落して休んでいると、三木田俊文が声をかけてきた。

「珍しいな」

早く帰りたい雄次は食事にゆっくり時間をかける気にならなかったが、いつも昼食は一人で外に出る三木田が誘ってくるということは何か話があるのだろう。雄次は財布を持つと、エレベーターに向かった。

雄次が連れて行ったのは、タコスの専門店だった。支店から氷川神社の方向に五分ほど歩いたところにあるお店で、駅から距離があるからか、いつも空いているところが雄次は気に入っていた。

「こんな店あったんですね」

「タコスは苦手か？」

「ほとんど食べたことないです。意外なお店を知ってますね」

「どうせなら、食べたことのない店がいいだろ」

「よく来るんですか？」

「たまにな。俺は三つ食べるけど、どうする？」

「そうだな。何を頼みます？」

「種類は一つしかないから、選ぶ必要はないんだ。頼めばこの店オリジナルのタコスが出てくるだけだよ。ちなみに一個二五〇円ね」

驚いたように、三木田は店内を見回している。いつも選ぶことに慣れている人間は、すべてが決められているというこの店のシステムに驚く。

雄次としては、少しでも変わっている店に連れてくることで、先輩らしさを示したい気持ちもあった。

「じゃあ、ボクも三つにしようかな」

「おっちゃん、オーダーいい？」

「はいはい」

斜めにスワローズのキャップをかぶった店員が、返事をしながら両手にグラスを抱えて出てきた。

「三つずつのドリンクセットね。俺がホットコーヒーで……」

「ボクはアイスコーヒーをお願いします」

「オッケー。雄次君が友だち連れてくるなんて珍しいじゃない。劇団の人？」

「会社の後輩だよ」

「三木田と申します」

三木田は、立ち上がって店員に挨拶した。

「こちらこそ。タコスが食べたくなったらいつでも来てよ。ビールもいっとく？」

「今週もようやく後半戦だし、いっちゃおうか？」

「やめておきましょうよ。まだ仕事中だし」

「何だよ。意気地ねえなあ」

三木田の素っ気ない反応を聞くと、店員は笑いながら厨房に戻っていった。

店内にはサーフボードが置かれ、石垣島の写真が飾られている。沖縄の海岸にいる雰囲気に浸ることができるこの店が雄次は好きだ。

沖縄に行ったこともないし、サーフィンをしたこともないが、仕事のことを忘れさせてくれる環境がいい。食べたあと一人でくつろげるのも、この店に来る理由だった。

「実は今月数字が厳しくなりそうで、ちょっとわけてくれないかと思ってるんです」

「その話か」

雄次は聞きながら足を組んだ。今月の営業成績についてだ。いつもであれば月末に気にしはじめるが、九月は上期の締めの月でもあるので、前倒しで着地の数字を詰めておく必要がある。どんな相談をされるか心配していただけに、話の先が見えたことで余裕が生じていた。

「ノルマにちょっと足りなくて、どうしようかと思ってたんです」

「あと何件必要なんだ?」

「五件くらいやっておきたいんです」

「けっこうあるな」

「もちろんぜんぶお願いしようなんて思ってないですよ。自分でも二、三件は増やせると思うけど、それ以上となるとむずかしいかなと思って」

「小笠原さんはダメなのか?」

「ちょっと嫌そうでしたね。月末に休みを取る予定なんで、今は数字を下げたくないみたいで。もう少し電話を分けてくれればいいんですけどね」

「そうか……」

雄次は一口グラスの水を飲んだ。

営業課で毎月課せられるノルマに、融資の契約獲得件数がある。新たな融資契約を一人当たり十件、半期で六〇件結ぶ必要があるが、督促の顧客を担当しながらなので、成績はスタッフで大きな差が生じやすい。

スタッフ間のバランスをとるため、大宮駅前支店では月末になると獲得件数の調整をするのが慣習になっていた。

「二件か、できれば三件お願いできませんか?」

「しかたないな。でもどうしたんだよ、この前も同じようなことといってなかったか?」

「先月は自分でできたから、付け替えはしなかったんですよ」

「そうだっけ？」

「大事なことはちゃんと覚えておいてくださいよ」

雄次は八月のことを思い出そうとしたが、ちょうど店員がタコスを持ってきたので中断することにした。

顧客からの問い合わせ電話に対応し、契約につなげていくのが営業課の仕事だが、書類を本社に送る際に担当者欄にべつの名前を書いておくだけで調整することは可能だ。スタッフの間で月末になると、ときおり見られるやり取りだった。

「小説のほうが忙しいのか？」

「それだったらまだいいんですけど、何だか最近集中できないんですよね」

「書けないのか？」

三木田は、タコスにタバスコをかけながらうなずいた。

「べつに書くのに飽きたわけじゃないんですけど、いつまでこんなことするのかって思うとやる気が出なくて」

「何いってるんだよ、作家になるんだろ。変なこと考えずに書き続けなくちゃダメだよ」

「それはわかってるんですけど、このままでいいのかって思っちゃうんですよね」

「いいに決まってるだろ。せっかく賞まで獲って、今やめたらもったいないよ」

「賞っていったってボクの場合マイナーな賞ですし、新人作家なんていくらでもいるじゃないですか」

「自分でそんなことをいいはじめたら、書けなくなるに決まってるだろ。お前には才能もあるし、やる気もあるんだ。自分にしかできないものを書き続けることが大事なんだよ」

「雄次さんは強いですね」

「べつに強くなんかないけどさ……」

雄次は三木田から視線をそらして、しばらく食べることに集中した。今は楽しいが、ものになるかわからない。そんな漠然とした不安は、いつも感じていた。

でも深刻に考えないようにして、演劇を続けている。自分の生き方に疑問を突きつけられているような気がして、雄次も頭が痛かった。

「最近親がうるさいんですよ。三〇歳にもなってフラフラするなって」

「もう三〇か?」

「来年なります。ボクの実家が自営業をやってるじゃないですか？　どこにでもあるような小さな中華料理屋ですけど、手伝いながらでも小説なんて書けるだろうって。たしかに書く時間を確保するためだったら、そんな人生も悪くないかなって思っちゃうんですよね」

「変なこと考えるなよ」

「わかってますよ、べつにまだ決めたわけじゃないですから」

雄次はしばらくタコスを食べる三木田の顔をうかがいながら、今月の自分の成績を思い出してみた。三件くらいなら三木田に譲っても、ノルマは達成できそうな気がする。席に戻ったら確認しよう、そう思いながら自分がすでに三木田を応援しはじめていることに気づいた。

昼食が終わって会社に戻ると、宮原志穂からのメモが机に置かれていた。

「これ何？」

「本社の人から電話があって、この人の取引状況を確認して欲しいらしいですよ」

「加藤康之か……」

よくある問い合わせだった。支店で開設する口座は、無人契約機やインターネットでの申し込みが主流だ。来店や電話では対応したスタッフが担当になるが、直接のやり取りがなければ、担当を割り当てられてもどのような顧客かわからない。

延滞して、はじめて話をするという顧客も少なくない。名前を見ただけでは、自分の担当か認識できなかった。

雄次が顧客管理システムで名前を検索すると、たしかに担当に自分の名前が記入されている。最初の融資が六月なので、たった三ヵ月前のことだ。

二〇〇万円の融資は金額として小さいわけではないが、目立つほどのものでもない。むしろ最初の融資でいきなり返済が延滞していることが、あまり良い兆候とは思えなかった。

会社には勤務しているようなので、いきなり連絡が取れないということはないだろうが、なるべく早めに本人と話しておきたい。雄次は登録されている携帯に電話したが、反応がなかった。

雄次は、会社にも電話してみることにした。何となく嫌な予感がした。

「はい、鶴見総合システムです」

電話の対応を聞く限り、まともな会社のようだった。

「仲本と申しますが、加藤康之さんはいらっしゃいますでしょうか？」

「失礼ですが、どちらのナカモト様ですか？」

よくある質問だった。ここでペンギンファイナンスという社名を出しては、消費者金融から金を借りていることが会社に伝わってしまう。社名は出さないという規則通りに会話を続けた。

「仲本といえばわかると思います」

「はあ……」

ここですぐに取り次ぐか怪しいと思うかは、会社というより電話に出た人間の個性によるというのが雄次の経験則だ。

ある程度大人の事情と察して細かいところには突っ込まないか、職場にプライベートは持ち込まないというルールを振りかざすか。この女性は後者のようだった。

「どのような関係かわからない方からの電話は、おつなぎするわけにはまいりません」

「そうですか……」

ここまでいわれてしまうと、粘って得られるものはほとんどない。雄次は挨拶をすると、受話器を置いた。

このような顧客の対処法は、もう一度本人の連絡先を洗うか、暗に資金面のトラブルを示すかだ。後者は効果が大きいが、顧客との円満な関係を継続するためにもなるべく選びたくない。

一方でもう一度携帯に電話したところで、新しい展開はほとんど望めないだろう。雄次はインターネットで鶴見総合システムを検索してみることにした。

社名にある通り、コンピュータシステムの会社のようだが、情報通信業界に疎いので、雄次もシステムという言葉の示す仕事が思い浮かばない。経験則からいうと、堅い性格の人間が多いのであまりもめたことがなかった。

周囲を見ると、江口も小笠原も席にいない。どこかで息抜きでもしているのだろう。タバコでも吸いながら考えようと席を立つと、雄次は屋上に向かった。

二年ほど前までは社内にタバコ部屋があったが、これも北山の支店改革で廃止されてしまった。それ以来タバコを吸うときには屋上に上がることになっている。

ビルの最上階にオフィスがある数少ないメリットは、屋上を独占できることだろうか。雄次は屋上に出ると、隣の高いビルを見ながら深呼吸した。

「あっ、江口さん」

気づくと、江口が少し遅れて歩いてきた。軽く手をあげると、胸のポケットからタバコを取り出した。

「探したか?」

「ちょっとお客さんのことで、気になることがあって」

「何だ、延滞か?」

「そんなもんです。本社からさっき来たばっかりで、まだ連絡もとれてないんですけど」

「面倒なのじゃなければいいけどな」

何度か風に消されてからライターで火を点けると、雄次より先に江口が口を開けた。

「代理さん、どんな様子だった？」

「相変わらず慣れないみたいで、コールセンターでも石本さんたちに本社のときのことを問い詰められてあたふたしてました」

「変な運営をすることはなさそうか？」

「あの調子なら大丈夫じゃないですかね。北山の件もあって慎重だし、もともと本社とうまくいってないみたいですから」

「そうならいいが、けっこう気が強そうな性格だろ。また支店改革とかいって熱心にやられると困るからな」

「勤務時間が長くて、参ってるみたいですよ」

「なるほどな」

江口は、不思議そうな顔をする雄次から目をそらした。営業課のなかでも、本社から来た社員に対する契約社員の見方はさまざまだ。

数字や方針ばかり下ろしてくる面倒な連中というのがコールセンターのスタッフの思いだろうが、小笠原は張り切って仕事をする姿をほほえましく見ているようなところがある。

雄次は、なるべく関わりを持ちたくないというのが正直なところだ。数年で代わっていくのに深い人間関係を構築しようとは思わないし、そんなメリットはない。強いていえば、ときどき彼らの顔に浮かぶ、見下したような表情にイライラすることがある。

三木田も同じように感じているのはわかったが、江口が敵対視しているのが不思議だった。いちばん長く支店にいるだけに、自分のやり方を否定されたくない気持ちもあるのだろう。

「何かいわれたら教えてくれよ」

煙を吐き出しながら遠くを見る江口の表情に、雄次は相談しようとしていたことも忘れていた。

雄次が早退して会社を出たのは、三時過ぎだった。昼過ぎには会社を出ようと思っていたが、加藤康之について調べるのに加えて新規の問い合わせが何件かあった。

もっと話を聞きたそうな顧客の電話を強引に切ったかたちになったが、芝居のことを考えると気にしている余裕はなかった。

劇団の稽古場兼事務所はさいたま新都心駅に近いところにあるので、自転車だと会社から十分もかからない。

「おはようございます」

自転車を事務所の前の歩道に停めると、雄次は恐るおそるなかに入った。

「おはよう。いつも大変だね」

演出アシスタントの小田茜の表情が曇っているのは、高嶺延彦の機嫌が悪いからだろう。演出の高嶺の気分は声でわかる。稽古場の奥をステージに見立てて、役者が何人かセリフ出しをしていた。

「高嶺さんは？」

「ピリピリしてるわよ。今日はずっとテンション高いから、気をつけてね」

「怖そうだな」

「ほら、早く挨拶しないと怒られるわよ」

「わかってるって」

雄次は高嶺と目を合わせないように、小走りで稽古場に入っていった。

「おはようございます」

「おう、雄次ぃ、昨日よりはちょっと早くなったか」

「早退してきました」

「ご苦労だったな」

高嶺は興味なさそうにいい捨てると、ほかの役者に指示を出した。稽古場の奥から北島十和子がこちらを見ていた。つき合って二年になる、雄次の彼女だ。

彼女の前であまりカッコ悪いところは見せたくないという思いから、雄次は高嶺に一礼すると、演出席の後ろに回った。今回の舞台で雄次の出演はないが、広報は全体を把握しておかなければならない。

「大丈夫かい？　何だか忙しそうだけど」

「どうにかやってます」

ハンカチで汗を拭いていると、舞台監督の皆川明が横に来ていることに気づいた。

皆川の髪の毛はすでに白髪のほうが多く、大きく突き出たお腹はビールの飲み過ぎという噂だ。劇団設立時のメンバーの一人で、間違いなく劇団で最高齢だが、正確な年齢を知っている人はいなかった。

「高嶺ちゃん、今回の舞台はずいぶん気合い入ってるんだよな」

「叶実絵子が出るからですか?」

「それも大きいだろうけど、この前雑誌の取材が入っただろ? それで調子づいてるんだよ。本人いわく、東京の劇団からも誘いがあるらしくてさ」

「そうなんですか?」

「本当のところは知らないよ。でも本人がいうんだから、そうなんだろうな。それで大女優さんがやる気を見せちゃって大変だよ」

雄次は舞台の真ん中に立つ叶実絵子を見た。皆川がいうように、セリフにも本番一週間前とは思えないほど力が入っている。

「雄次君さあ、今ちょっといいかい?」

「はい」

来たばかりでほかのメンバーに挨拶もしていなかったが、皆川のあらたまった口調が気になって従うことにした。

「すぐ行くから、事務室で待っててもらえないか」

高嶺と話しはじめた皆川に返事をすると、雄次は二階にある事務室に向かった。

皆川に呼び出されるのは、基本的に高嶺に呼び出されるのと同じだ。忙しい高嶺は、劇団員に何かいいたいことがあると、皆川を通じて伝えることがある。たいていはよくない話か、高嶺が自分の口からいいたくないことばかりだ。

すぐに思いついたのは、チケットの売れ行きについてだった。腑に落ちないのは、先日も話してそれなりに満足しているように思えたからだ。

事務室のドアを開けると、雄次は壁に貼られているポスターを見て嫌な予感をまぎらわした。劇団さんぴんちゃと書かれた下に、劇団メンバーの顔写真が何枚か並んでいる。

主演の叶実絵子は、ほかの劇団で客演することも多い実力派だ。今年は映画にも出演しているので、知名度は全国区といっていいくらいになっている。きれいな顔立ちをしているが、男らしい話し方をするのが好きだというファンは少なくない。

相手役の俳優は、杉並達男。こちらもテレビ出演の経歴があり、叶との二枚看板といっていい存在だ。五〇歳になってさすがに若者の役をすることは少なくなったが、高齢層の観客が離れないのは彼の演技が見たいからだ。写真の扱いもそれほど大きくしていないが、劇団に欠かせない存在だった。

スタッフの欄をたどっていくと、広報と書かれた場所に自分の名前が見つかった。字の大きさが小さいのは、自分の仕事量を示しているのだろうか。見習いと呼ばれる、入団後数年間の若者たちと同じ扱いだが、雑用ばかり任されている今の自分にはふさわしいのかもしれない。

「悪いね」

皆川は事務所に入ってくると、二人分のコーヒーを入れた。

雄次は、事務室で飲むコーヒーの味を思い出すことができない。たいていこの部屋に呼ばれるのは、怒られるときか無理なお願いをされるときだ。

前者では飲み物が出る雰囲気にはならないし、後者の場合は重苦しい雰囲気になる。目の前の会話を進めたくないときの時間稼ぎに飲むようなもので、いつまでたっても気まずさに慣れることができなかった。

「チケットの件ですか?」

「そんなんじゃないよ、十和子ちゃんのこと」

「十和子ですか?」

皆川はうなずいたが、雄次と目を合わせようとせずに下を向いた。

「高嶺ちゃんと話してたんだけどさ、あの子、本当にこのままでやっていけるのかね」

「というと?」

「雄次君もわかってると思うけど、芝居に向いてないんじゃないかと思うんだよな。いくら練習したって、ちっともうまくならないし、目立つものがあるわけでもない。脇役だっていいんだぜ。地味に演じることで周りを引き立てるプロっていうのもこの世界には必要だ。でもそんな役だって、基礎ができてからの話だ。彼女、もう三年間やってるんだろ。いい加減、わからせてやれっていうのが、高嶺ちゃんの考えだ」

「やめさせろっていうんですか?」

「べつにプロ野球じゃないんだから、劇団に所属してるっていったって、給料をあげる必要もなければ、人数制限もないよ。今まで通りいたっていいんだけど、このままじゃ彼女の人生がもったいないんじゃないかって思うんだよ」

「ぼくは反対ですね。べつに彼女の能力が際立って劣っているわけじゃないと思うし、芝居が好きで頑張ってます。彼女の生きがいみたいなもんです。まだ若いし、いくらでも冒険できる。そんな枠に当てはめて考えるべきじゃないと思います」

「俺だってそう思うよ」

「だったらわざわざ、公演前にいう必要はないじゃないですか」

「だからこそいってるんだよ」

皆川は話を止めると、ポケットのなかにタバコを探すような素振りをした。

おそらくタバコが吸いたいわけではないのだろう。何といえばいいか、頭のなかを整理しているのだ。雄次を傷つけないようにするには、どんな言い方がいいか考えているのがわかるだけに胸が痛い。

「俺もずっと芝居だけの人生送って来たけど、いろんな区切れで悩んでたのを思い出してさ。三〇歳になったときがそうだったし、四〇歳になったときも、親が死んだときも、仲間がやめていくときもそうだ。こんなことやって何になるんだって思うたびに、どこかに意味があるって自分を強引に納得させてやってきたようなもんだ。こんな人生を続けていくのは、相当の覚悟が必要だ。それだけは教えてやったほうがいいと思うんだ」

「そんなことわかってなかったら、役者なんてやってませんよ」

雄次は皆川の優しさを、わざと断ち切るような冷たい言い方をした。

みんなわかってるのだ。演劇なんて、苦労するばかりで見合うもののない生き方だということは。好きだという思い以外に何も持たない自分を考えたくないのだ。

「わかった。そういわれると思ったよ。いちおういってみただけだ。高嶺ちゃんには俺からうまくいっておくよ」

「すみません」

「でも本当に彼女のことを考えてるなら、現実を気づかせてあげたほうがいい時期に来てるような気がするな」

「わかってますって」

雄次は皆川と目を合わせることもできずに、事務室を出た。

第三章　九月十日（金）

　田村美月が大宮駅前支店に来て大きく変わったのが、朝起きる時間だ。六時には起きて、七時には会社に行くようになった。

　会社まで歩いて数分のウィークリー・マンションに住んでいるので通勤に不自由はないが、ベッドでぼうっとすることも、朝風呂にゆっくり入ることもなくなった。出勤前の化粧に時間をかけていた頃が、ずいぶん昔のように思える。

　美月は会社に着くと、まずエレベーターから支店の入り口までを掃除する。

　お金を借りようとしてこのビルに来る顧客は、通常いちばん下の階に入居する大手から順に相談する。断られると上のフロアに来るため、店頭の掃除には手を抜けない。

　本社との連絡や準備も、七時半からのティッシュ配りの前には片づけておく必要がある。前日の営業成績や支店の勤務状況といったデータは自分で整理して報告するしかないので、必然的に朝は忙しくなる。

「おはようございます」

　会社に行く前にコンビニに寄ると、ときどき太陽ファイナンスの支店長に会うことがあった。

彼も朝食を買っているのだろう。ティッシュ配りのときには見せない沈鬱な表情を、一瞬のうちに営業スマイルに変えるところに手ごわさを感じた。

「早いですね」

「今日もよろしくお願いします」

会話はいつもこれだけだ。この男との競争がなければ、どれだけ毎日の仕事が楽になるか。そう思うと、彼が何を考えて仕事をしているのか不思議でならなかった。

この日は朝から、前日の深夜に本社の平井部長から送られてきたメールが頭を離れなかった。営業企画部で、大宮駅前支店を整理統合する話が出ているという。

たしかにここ数年、大宮駅前支店の営業成績は、首都圏地区で最下位グループから抜け出せずにいた。北山支店長が休みはじめてからは、一部の開設準備室を除けばダントツのビリだ。

コスト削減が会社の方針として示されて以来、人員カットがいつか避けられなくなることはわかっていたが、まさか自分の身に降りかかってくるとは思わなかった。

しかも異動してから、まだ二週目だ。まずは事実確認をしなければならないが、怖くて電話をかけるタイミングをつかめないまま昼になろうとしていた。

「どうしたんだよ」

忙しい時間だったからか、平井部長の機嫌は悪かった。

「支店の統合の件で、確認したいことがあって電話しました」

「今じゃなきゃダメなのか？」

「支店にいれば毎日スタッフと顔を合わせます。どんな噂が回るとも限らないので、早めに知っておきたいんです」

美月の真剣な口調が伝わったのか、平井はひとまず話を聞こうとしているのがわかった。

「統合は、もう決まった話なんですか？」

「役員からそんな話があるって聞いただけだ。社内で議論していることを伝えただけっていう言い方だったね」

「こっちは何もいわれてませんよ」

「そんなこと知らないよ。結果さえ残せば、関係ないっていうことなんじゃないか？」

支店の成績不振が、すべて美月のせいであるかのいいぶりに気持ちが昂ぶってきた。

「まだ二週目ですけど、私はしっかり運営しています。数字には出ていないかもしれませんが、現場はちゃんとやるんで、役員にはどうにかもう少し時間をいただけるように説得してもらえませんか？」

「君、何をいってるんだよ。本社ボケしてるんじゃないか？　普段の対応ができてないからこんなことになってるんだろ。まずはきっちり支店の数字を出すのが先なんじゃないのか」

平井はいつもの口調で、美月を怒鳴りつけた。

こんなことになったのは自分のせいじゃない。あんたたちの方針こそ問題だったのではないか。そういいたくてしかたなかったが、反論されることを思うと何もいえなかった。

「まだ決まったわけじゃないが、何もなしに事態は大きく変わらない。どうにか今月中に成績を上向かせるんだな」

「……わかりました」

電話を切ると同時に頭に浮かんだのは、契約社員の顔だった。劇団の合い間に仕事をしている雄次のような働き方は気に入らなかったが、こんな会社でも彼らにとっては生活の一部になっている。

統合といっても、実質的には支店の閉鎖だ。そうなれば、契約社員は全員解雇されるだろう。そう思うと、自分には関係ないと割り切ることができなかった。


「これマジかよ」

「今までの最低記録更新ですかね？」

「間違いないだろうな」

「こんなことくらいで、信じられないわよねえ」

美月が電話から戻ると、仲本雄次を取り囲むかたちで営業課のメンバーが話し込んでいる。美月は近づくと、話題に入ろうと顔を出した。

「どうしたんですか？」

「これだよ、これ」

雄次は美月の問いに、手のひらで首を切るようなしぐさをした。

「えっ？」

「自殺だよ。借金が苦だってさ」

「はじめて融資したのが一年くらい前だったかな」

「そんなもんだったかしらね。最初は物静かなおじさんだなって思ってたんだけど、話してみるといい人でね。延滞することもあったけど、携帯には必ず出るし、折り返し電話もかかってくるから、ぜんぜん心配してなかったのよ」

「途中から遅れるようになったんだよな」

「そうなのよ。返済が滞りはじめてから、電話に出ないわけじゃないんだけど、何だか覇気がなくてね。こっちがいってることにも話半分で、あのときもっと注意しておけばよかったな」

「あれはしかたないだろ」

「いくら借りてたんですか?」

「たったの五〇万よ。他社からも借りてるんでしょうけど、合わせてもせいぜい九〇万だと思うわよ」

「九〇万円で自殺ですか?」

「安いもんだろ?　昔は三〇〇万円が一つの危険水域だったんだけど、ここのところ、どんどん安値更新が続いてるよ。人の命が九〇万だよ。どうかしてるよ」

「自殺っていうのはたしかなんですか?」

「それは今警察が調べてるらしい。お願いだから、事件であってほしいって思ってるくらいだ。やり切れねえよな」

美月は江口一雄のため息を聞きながら、自殺しようと考えるにいたった顧客の気持ちを想像してみた。

よほど苦しいことがあったのだろうか。他人に迷惑をかけるという感覚に疎い二〇代や三〇代の若者であれば、自己破産を選ぶことが少なくない。

九〇万円を苦にしての自殺は真面目さゆえの背景もあるのだろうが、金額に命の重みが釣り合わないような気がしてならなかった。

「いちおう確認するけど、葬式っていうことになったら、代理さんに行ってもらいたいんだけどいいよな?」

「お葬式ですか?」

「うちのお客さんだけど、こういうのはマスコミが聞きつけたら、恰好の餌食になるだろ。挨拶に行く場合は、支店長が個人名でっていうかたちにしてるんだよ」

「今晩ですか?」

「普通の流れでは、明日が通夜で、日曜日が葬式だろうな。せっかくの週末なのに悪いねえ」

「わかりました。確認してみます」

美月は念のため予定を確認したが、週末は予定がない。江口のいう通り、基本的に顧客と直接外で接触を持つのは社員の役割だ。面倒だが、葬式に出席するのは避けられそうになかった。

むしろ気になったのは、先日騒ぎになったパン屋のほうだ。

もし同じように自殺でもされたら融資資金が貸し倒れになるうえに、変な風評が立つ可能性もある。事前に顧客の状況を把握していないことを、本社が嫌がるのは経験上理解していた。

「あっちのほうは大丈夫？」

美月は三木田俊文に顔を向けた。

「あのパン屋ですか？　一家で無理心中っていうタイプじゃないと思いますけど、これだけ返済が遅れても平気な人ですから、何しでかすかわかりませんね」

「脅かさないでよ。連絡してみる？」

「どっちみちどこかできちんとしなくちゃいけないお客さんですから、話してもらえますか？」

「私が？」

「結局この前は来なかったんでしょ？　いい機会だから、代理さんも挨拶しておいたほうがいいと思うんです」

美月は一瞬迷ったが、たしかに悪くない気がした。今後スタッフの代わりに、顧客と交渉することも少なくないだろう。このまま気後れしていては、スタッフにバカにされっ放しだ。

「わかった。話してみようか」

美月は自分の席に戻ると、三木田から渡された電話番号をプッシュした。

「はい、松本です」

出てきたのは奥さんのようだった。四三歳という主人の年齢から比較すると、電話の声は若めの印象がある。もしかしたら従業員かもしれない。

「松本純一さんはいらっしゃいますでしょうか？」

「もうお店に出ちゃってますけど……」

「お仕事の準備中でしょうか?」

「そうだと思いますけど、どなたですか?」

美月の丁寧な話し方がよそよそしく感じたのだろう。口調に警戒感がにじみ出ていた。

「ちょっとした事情でお話ししたいことがございまして、お電話を差し上げました」

「差し上げましたって、何かこちらからお願いしてることがあるんですか? 変な営業じゃないですよね」

話しぶりで、奥さんだということがわかってきた。通常は、家族であってもお客さんが金を借りていることはいわない。しかし返済が滞っているだけに、何らかのプレッシャーをかけておきたい。言い方を微妙に変えながら、本人を引きずり出すのが鉄則だ。

「べつにこれは、営業の電話などではありません。むしろ私どもが少し困った事態になっていまして、ご主人様と連絡が取れないので少しでもお話ができないかと考えております」

「困った事態、ですか?」

「ええ、私どもはパートナーとして、これまでご一緒にビジネスを展開してまいりました。良好な関係を今後も継続していくためにも、ぜひお話ししておきたいのです」

くどいいい回しになってしまったが、これだけ話せば家族でも何かまずいことが起きているのは感知してもらえるのではないか。そんな期待も、奥さんの話し方が変わったことで打ち砕かれた。

「もしかして、これって、オレオレとかっていう詐欺じゃないの？　女のオレオレっていうのは聞いたことなかったけど、そんなことして金をだまし取ろうったって、そうはいかないから」

「違います。私はただ……」

「近所のクリーニング屋さんも被害にあったっていってたけど、やることが汚いんだよ。うちはそんなことじゃだまされないよ」

「違うんです。べつにお金をだまし取ろうっていうわけではないんです」

「じゃあ、何なのよ？」

「それは……」

美月は三木田をうかがったが、顔を横に振るだけだ。事情を直接話すわけにはいかない。美月はしどろもどろになりながら、口に出てきたことを並べ立てた。

「ご主人様に聞いていただければわかりますが、このままだとご主人もお困りになられるのではないかと思うのです。私どもはいくらでも待ちますので、お伝えいただけませんでしょうか」

「デタラメいわないでよ。話せなくて困るのはそっちでしょ。まだ若いくせにそんなことしてまっとうに働いたほうがいいわよ。電話する相手を間違えたんじゃない」

あっさりと電話を切られてしまった。美月は唖然として、受話器を置いた。

「いつもこんななの？」

「奥さんとは、話したことがないですね」

「これじゃ、会話にならないわね」

「直接行ってみますか？」

「行ってみるって、訪問するの？」

「行かなきゃ在宅確認できないんだからしかたないだろ」

仲本雄次が間に入って、支店の運営を説明した。

ペンギンファイナンスでは顧客との接触は電話だけに限定されているが、連絡が取れない場合に限って現地調査することが認められている。すでに三ヵ月間反応がない顧客の存在を訪問で確認することは、社内ルール上は問題ない。

「問題なければいいけど。本当にこのお客さん、大丈夫？」

「どういう意味ですか？」

「一昨日も騒いでたでしょ。夫婦そろって口だけ威勢がいいなら問題ないけど、一家心中でもしたりしないわよね」

「よっぽど気になってるみてえだな」

江口が笑うと、みんなが噴き出すのを必死でこらえようとしている。

「どんなことをいい出すかわからねえけど、そんな困った奴らと話し合いをするのが俺たちの仕事だ。嫌だっていうなら行ってくれとはいわねえよ」

「そんなことはありませんけど……」

「行ってくれるんだな？」

「わかりました。いつが空いてるの？」

江口の口調に、慌てて美月は三木田のスケジュールを確認した。

「午後ならいつでもいいですよ」

「じゃあ、早めに行こうか？」

美月は自分の席に戻ると、パソコンに付せんを貼った。

その日にやるべきことを、忘れないように付せんに書いておくのは支店に来てから覚えたことだ。またやるべきことが一つ増えた。気づくとパソコンの右側は、付せんだらけだった。

大宮駅前支店に来て二週目が終わろうとしていたが、昼間に外を歩くのはずいぶん久しぶりな気がする。美月は口紅を塗り直すと、外出用のパンプスに履き替えた。

仕事が増えていくごとに自分のエネルギーが吸い上げられていくようだったが、何となく気分は悪くない。自分の居場所ができつつあるような感覚だった。

「この辺なんだけどな」

東武線で大宮から十分ほど行くと、住宅地のなかに田んぼが目につくようになる。七里駅で降りて狭いロータリーで地図を確認すると、美月は線路沿いの道を歩いていく三木田についていった。

「あのパン屋には、今まで誰か訪問したことあるの？」

「さあ、ボクの憶えてる限りでは、誰も行ったことがないんじゃないですかね。ボクも来店されたとき以外は、電話でのやり取りしかないです」

「顧客との連絡が電話だけだと、なかなか変化に気づけないのが問題なのよね」

九月にしては暑い日だった。三木田はハンカチで汗を拭くと、話を合わせるようにうなずいた。

「毎日支店のなかにずっといて、ストレスがたまることってない？」

「そりゃ、ありますよ。最初の頃は変わった職場だなって思ってましたけど、今はもう慣れました。来たお客さんに対応するだけでもけっこう大変なんですよ」

「変なお客さんも少なくないしね」

三木田は角にある弁当屋の場所をマップで確認すると、実際の方向に向きを変えてふたたび歩きはじめた。

「代理さんは、うちの会社のなかで勝ち組なんでしょ？」

「私のどこが勝ち組なのよ？　朝誰よりも早く会社に来て、遅くまで残っては上司にも部下にも怒られてる人間が、勝ち組なわけないでしょ」

「本社で偉そうにしてたじゃないですか」

「そんなつもりはなかったけど、後悔してるわよ。どれだけきついか、あなたにもわかるでしょ？」

「大変そうではありますけどね」

「北山さんの苦労が身に沁みてわかったな」

いつもは目を見て話さない三木田が、美月の苦笑いを見ていた。

「あそこですね」

三木田は交差点の手前で立ち止まると、通りの向こう側を指さした。

大通り沿いにファミリーレストランがあり、その隣に小さなパン屋がある。それまで古い住宅地で静かだった街並みが、大通りに近づくにつれてにぎやかになっていくのがわかった。

「いちおう開いてるみたいね。様子を見てみようか？」

「いきなりですか？」

「何かまずいことある？」

「ないっちゃ、ないですけど。話を聞いてくれますかね」

「話してみないとわからないじゃない」

「そうですけど……」

「あなたは顔が割れてるんでしょ？」

「来店したときに会っただけですし、ずいぶん前のことなんで忘れてると思いますよ」

「念には念を入れておいたほうがいいわ」

「代理さんが行きますか？」

美月がうなずいた。警戒したのは、松本が出てきてくれないことだった。だますわけではないが、門前払いだけは避けたかった。

「後で呼ぶわよ」

美月は店のなかをうかがった。パンが並べてある奥にショーケースが見える。

パンだけでなく、ケーキも売っているようだ。ヒビの入った看板が店のくたびれた様子を物語っている。信号が青になるのを確認して、美月は横断歩道を渡った。

店には、お客さんは一人もいなかった。ＢＡＫＥＲＹと書かれた赤いテントは立派だったが、いかにも個人商店といった規模のさびしい品ぞろえだった。店員は見あたらないが、なかに誰かいるのだろう。

「ごめんください」

「はい、いらっしゃい」

自動ドアが開くと、予想外に威勢の良い返事が返ってきた。松本純一は清潔そうな白い作業着を羽織っていたが、髪の毛には帽子の癖がついていた。

おそらく直前までかぶっていた作業帽を脱いだばかりなのだろう。顧客シートにある写真通りの顔が、そのまま出てきたのが驚きだった。

美月は三木田を見ると、店に入るようにうなずいた。

「松本さんですね」

「そうだけど、何か？」

「ペンギンファイナンスの田村と申します。今来るのが三木田です」

「ああ、あんたか」

自動ドアを入ってきた三木田の顔に、松本の表情が不機嫌になった。

「何度かご連絡差し上げたのですが、お電話をいただけないようでしたので現地調査に参りました。用件はおわかりですね？」

「返済の件だろ?」

「その通りです。もう返済期日を三ヵ月以上過ぎてます。どのような事情か教えていただかないと、私どもの手では解決できなくなってしまいます」

美月の話を面倒臭そうに聞くと、松本は大きくため息をついた。

「厳しいんだよ。よくニッパチっていうだろ。八月はとくに苦しくてさ。今までだってちゃんと返してるのにガタガタいうんじゃねえよ」

「今までしっかり返済いただいていることはわかってますが、それとこれとは別です。それにもう九月じゃないですか。売上げも戻りつつあるんじゃないんですか。きちんと状況を教えていただかないと、法的な手段に訴えざるをえなくなります」

「はい、いらっしゃい」

気づくと自動ドアが開き、お客さんが入ってきた。松本は「工場で待っててくれ」というと、店の奥に美月と三木田を招いた。

工場には、芳ばしい匂いがあふれていた。二段の大きなオーブンがあり、その向かいに流しとガス台がある。

奥にあるのは冷蔵庫だろうか。タンスほどの大きさのものがどっしりと構えている。テレビからはワイドショーが流れ、作業用のテーブルのうえには食べかけの弁当が置かれていた。

「こっちの都合も考えずに来られると困るんだよ」

松本純一は工場に戻ってくると、テレビを消した。ひと通りパン作りは終わっているのか、オーブンが動いている様子はなかった。

「お時間は取らせません。今日は示談書を提出していただきたく、参りました」

「ジダンショ?」

「はい。契約が守れなかったときにお客様と交わす書類で、和解契約のようなものです。すでに返済が遅れてしまっているので、遅延損害金をお支払いいただいたうえで、これを提出していただく必要があります」

「ちょっと遅れただけで、こんなたいそうなものを出さなくちゃいけないのかい」

美月の説明に合わせて三木田が出した数枚の書類を、松本はつまらなそうに眺めていた。

「松本さん。私だってこんなことはしたくないんです。でもこれをもらわなくちゃ、どんな手段をとってでもお金を返してもらわなくてはならなくなります。そんなことはしたくないから、お願いしてるんです」

「こんなものなくても今まで待ってくれてたじゃないか」

「私たちは信用していますよ。でも本社がうるさいんです。最近審査がどんどん厳しくなってましてね」

「そんなのはそっちの問題だろ。俺には関係ねえよ。返せる範囲内で金ができたら返す。今はそうとしかいえねえよ」

「それじゃ困るんですよ。私たちだって商売なんですから、金を借りたけど返したくないなんていう要望を聞いてたら、ビジネスが成り立たなくなってしまいます。松本さんだって、パンを買いに来たお客さんが代金を払ってくれなかったら困るじゃないですか」

「お前らの商売と一緒にするんじゃねえよ。パンは一生懸命材料から汗かいて作って、一つひとつ売ってるんだ。お前らみたいに人をだますような商売はしちゃいねえよ」

「誰もだましてなんかいませんよ。期限を決めて利息を払っていただけるという条件付きで、私どもは松本さんにお金を貸してるんです。そんな約束も守らないなんて、だましているのはむしろ松本さんなんじゃないですか」

「お前、女のくせに客に向かって何だよ、その口のきき方は」

「男か女かは関係ありません……」

「借りたものは返せないって開き直っておいて、今度はお客様気取りですか。いい加減にしてください。今日もあるお客さんが、首が回らなくなって自殺しちゃってね。そんなことになってもお互い気まずいから、こうやってお願いしに来てるんじゃないですか」

三木田が興奮した口調で会話に入ってきたので、美月は何もいえなくなってしまった。気づけば、松本の顔色が真っ赤になっていた。

「お前ら、まさか脅しに来たんじゃねえだろうな」

「松本さんにもご家族がいらっしゃいますよね」

三木田は松本の言葉を無視すると、書類を出して調べる素振りをした。

「だから何だよ」

「小学生と保育園ですか。まだ小さいから大変だ。これからもずっと働かなくちゃいけない。

私たちにとっても大事なお客さんなんですから、ずっと一緒にやっていきたいんです。だからお願いしますよ」

「何をしろっていうんだよ?」

「これに記入してもらうだけです。べつに書いたからって、借金がなくなるわけじゃないですよ。私たちも商売なんで、延滞利息はいただきます。ただし融資資金につきましては、しばらく返済が猶予されます。その間にしっかりビジネスのほうを立て直してください。いわば時間を買うようなものです。よろしいですね」

最後は一方的にまくしたてると、三木田は書類を机に置いて、反応を待つように松本の顔を見た。

「ふざけるな」

「はっ?」

「何だよ、たいした金も貸さないくせに、偉そうにしやがって。ビジネスを立て直すだと?何様のつもりだ。やれるもんならやってみろよ。訴えたいなら訴えてくれ。どうなろうが俺の知ったことじゃねえよ」

「ちょっと待ってください」

松本の言葉に三木田がため息をつくと、面倒臭そうに頭をかいた。

「どうでもいいって、借りたお金を返さなかったらどうなるかわかっていってるんですか?自己破産ですよ。人としての信用がなくなるんですよ。たしかに楽にはなりますよ。でも大きな

「買いものなんてできなくなるし、お子さんの教育上、影響が出てくるかもしれない。それでもいいんですか?」

「だからどうでもいいっていってるんだよ。返す金なんて、どうせ何年たったってできやしねえんだ。好きなようにしてくれ。申し訳ねえけど、返す金はない。あんたらだって、そんなことは薄々わかって貸してたんじゃないのかい」

「そんなつもりじゃないですよ。私たちはビジネスパートナーとして……」

「何がビジネスパートナーだよ。苦しいときに追い詰めるようなことをして、何がパートナーだ。いいよ。何でも持ってってくれよ。このオーブンだって、買った頃には何十万もしたんだ。持っていけばいくらかにはなるだろ。冷蔵庫だって、業務用としてはなかなかのもんだぜ。とにかく返せる金はないね。どうしてもっていうならこの店ごと持ってって、代わりに商売でもやってくれよ」

松本はふたたびテレビを点けると、開き直ったように弁当を食べはじめた。美月の問いかけに何も答えない。これ以上話してもしかたないようだった。

「今日は失礼いたします。また連絡しますから、それまでに準備しておいてください」

店を出るときに念を押そうとした美月の声に、何も返事はなかった。

「いつもあんな感じなの?」

「そうですねえ」

歩きながら、三木田がため息をついた。

「火がつくと、手に負えなくなりますね。しばらくすると落ち着くんですけど。書類はもう一回催促しないとまずいですね」

「提出期限があったわよね」

「社内規定では、月曜日には出さないといけません」

「週明けも訪問してみようか？」

駅に向かう帰り道、美月の問いかけに三木田は何も答えなかった。

あまり関わりたくない顧客という思いがあるのだろう。通常の顧客には無難に接するが、ちょっとでも相性が悪いと接点を持ちたくなくなるのが三木田の問題点でもあった。

松本と話していたときはきちんと相手の顔を見て話していたが、二人のときは三木田が目を合わせることはない。

交差点で立ち止まった際に美月がときおり目を向けたが、おそらく反射的にそらしてしまうのだろう。七里駅に着くと、ホームで下を向いて電車を待つ横顔に、美月は違う話を振った。

「聞いたわよ。三木田君は、作家になりたいんだってね。小説は進んでるの？」

「ぼちぼちですかね」

三木田はつまらなそうに返事をした。

「どんな小説を描くの？　作家を追いかけて読んだりはしないんだけど、私も歴史ものが好きなのよ」

「そうですか」

「賞に応募したりしてるんでしょ？　ああいうのも競争が厳しいんだってね」

「べつに趣味でやってるだけですから。北山さんみたいに、取り調べみたいなことはやめてくれませんか」

迷惑そうな顔をすると、三木田は電車を待ちながら本を読みはじめてしまった。

どうも仕事とプライベートをきっちり分けているようでやりにくい。おそらく北山も、少しでも理解しようとして話しかけただけなのだろう。冷たくいわれると、そのまま放っておくしかなかった。


支店に帰ったのは六時過ぎだった。すでに早番のスタッフは退社しており、三木田も九時になると挨拶をして出て行った。

美月は席に着くと、今日の営業成績を確認した。

成績はほとんど伸びていない。やはり督促に時間を使い過ぎなのだろうか。債務者に返済期限を守らせるために、定期的な督促は不可欠だ。

留守番電話にメッセージを入れたり、着信を残すだけでもプレッシャーになるので、意味はある。ただ営業の時間を確保しておかないと、支店としての契約金額は今月も未達になってしまう。限られた人数のなかで、成績を伸ばすにはどうすればよいのだろうか。

美月は受話器を取って、誰か相談できる人間がいないか考えてみた。営業経験では平井部長がいちばんだが、今さら相談などできるわけがない。

何人か頼れそうな同期がいたが、いずれもすでに帰宅していた。数字が他人事でしかなかった本社時代が懐かしかった。

美月はコールセンターを確認するために、六階に向かった。電気を消そうとしたのはすでに九時半を過ぎていたからだが、まだパソコンを打つ音がするのに気づいてなかを見た。

「誰かいるの？」

「わっ！」

美月の声に、何かがパソコンのモニターの間で動いた。

「すみません。仕事をしてたものですから、気づかなくて」

「何だ、まだいたの？　いるなら、電気は点けておくわよ」

「もう少しかかるかもしれません」

女性スタッフは立ち上がると、申し訳なさそうに頭を下げた。身長は美月と同じくらいなので、一六〇センチといったところだろうか。一度集中すると周りが見えなくなるようで、充血した目に余裕のなさが表れていた。

「べつにいいのよ。仕事が終わらないの？」

「そうなんです。私入社したばかりで、パソコンが苦手で。皆さんみたいに速く入力できないんで、いつも遅くまでかかっちゃうんです」

「日報か。こういうのはポイントだけでいいのよ」

「先輩からもそう教えていただいているのですが、ポイントだけっていうのがむずかしくて」

美月はモニターをのぞき込んだ。どうやら、一度手書きでまとめたものを入力しているらしい。キーボードのタイピングにも慣れていないのだろう。たどたどしい手つきが気の毒なほどだった。美月はネームプレートを確認した。

「外山さんだっけ?」

「はい」

「あんまりこういうのに時間をかけてもしかたないわよ。入力だけで遅くまでかかるようなら、今日は手書きのメモでいいから、週明け時間のあるときに書けばいいんじゃない? うちの会社は残業代がつかないことは知ってるよね。慣れていないといっても、こんなことで時間を使っていたらもったいないから」

「そうなんですが、月曜日は早番で、朝は時間がないんです。だったら今のうちに処理してしまおうと思って」

「月曜日中に、先輩にいえば大丈夫よ。私からいっておこうか?」

「いいんですか?」

「もちろんよ。金曜日だし、早く帰りなさい」

美月はほかの席の見回りをすると、窓口から出ていった。部屋を出る際に外山の挨拶が聞こえたので、手を振って応えた。

おそらくああいう要領の悪いスタッフは、この会社で生きのびるのはむずかしいのだろう。仲がいいようでいて、コールセンターのスタッフの関係はシビアだ。

仕事の覚えの遅い新人に、いつまで優しくしてくれるだろうか。そんな実態を知っているだけに、自分と似ているような気がしてならなかった。

美月は支店を出ると、マンションまでの道を歩きはじめた。

今日もコンビニで夕食を買っていこうか。シャワーを浴びた後で、テレビをぼうっと眺めながら缶ビールを飲むのが最近の唯一の楽しみだった。

奥沢卓馬も週末は仕事仲間と飲みに行くことが多いので、ゆっくりと話すには週末のほうがいいだろう。

十時を過ぎたコンビニでは、同じように疲れた顔のサラリーマンに出くわすことが少なくなかった。美月は、海鮮サラダとパスタを選ぶとレジに並んだ。

「あれ、代理さんじゃん」

振り返ると、仲本雄次がレジに並ぼうとしている。

「何だ、こんなところで。この辺に住んでたっけ?」

「今稽古が終わって、これからご飯に行くところだよ。代理さんこそ、今まで仕事?」

「なかなか慣れなくてね」

「あのパン屋に行ったんだって?」

「三木田君から聞いたの?」

「だいたいのところはね。自営業っていうのはむずかしいんだよね。もう人生こんなもんだって、変に割り切っちゃってるところがあって、俺のお客さんでもいるんだけど、一度凝り固まった考え方を変えるのに時間がかかるんだ」

「そうかもしれないな。一人?」

コンビニのなかで顧客の話をするのがためらわれたので話をそらすと、雄次は、思い出したような顔をした。

「彼女を待たせてるんだ」

「一緒なの?」

「外で電話してるよ」

雄次は会計を済ませると、コンビニの外で携帯電話を見ている彼女を呼んだ。

北島十和子という彼女を見た瞬間、いちばんに目に入ったのが真っ赤に染めた髪の毛だった。

Tシャツに穴の開いたジーパンをはき、大きなバッグを肩から下げている。全般的に服装は地味なのに、髪の毛だけが自己主張をしているようだった。

雄次が紹介すると、北島十和子は思い出したようにうなずいた。

「代理さんね。雄次から聞いたよ。あのうるさい支店長の後任でしょ?」

「北山さんのこと?」

「知らないけど、すぐ怒るオッサンだったな。偶然会ったことがあるんだけどね、道路で雄次と歩きながらタバコを吸ってたのが気に入らなかったみたいで、いきなり怒られてさ」

「TPOをわきまえて行動しろってな」

「あんたの大声のほうがよっぽど迷惑だっていってやりたかったよ。私は部下でも何でもないんだから」

「あの人らしいわね」

美月が苦笑すると、十和子は思い出したくもないという顔をした。はじめて会ったばかりなのに、「代理さん」と呼ぶなれなれしさに、不思議と嫌な気はしなかった。

「真面目なんだろうけど、あんな人と同じ空気を吸って生活するなんて想像できないな」

「俺の仕事がどんだけ大変かわかっただろ?」

「代理さんは、あんな人とは違うんでしょ?」

美月がどう答えてよいかわからずにいると、十和子は買いもの袋を見た。

「大丈夫。いい人そうだね」

「何でわかるんだよ?」

「コンビニでご飯買って、部屋でお酒飲みながら食べるのが楽しみなんでしょ? そんな女の人に悪い人いないから」

「どういう根拠だよ」

「ご飯まだ?」

「やめとけよ」

「いいじゃない、せっかくなんだから」

「代理さんだって、もう買っちゃってるだろ」

「コンビニのパスタなんて、明日でもいいでしょ? 一緒に食べようよ」

「一人で食べたいんだから放っておけって」

「みんなで食べたほうがおいしいに決まってるじゃない。どうせ一人暮らしでしょ」

「まあ、そうだけど……」

「一緒に行こうよ、ねっ」

十和子が美月の目をのぞき込んだ。雄次も不安そうに、美月の反応を探っている。社員と食事に行くなんて、雄次も経験がないのだろう。美月は十和子の誘いに負けて、ついていくことにした。


「じゃあ、カンパーイ」

北島十和子のかけ声に、三人がグラスをぶつけた。

大宮駅の南口にある、和風居酒屋と洋食堂とバーが一体になったようなお店だった。店の前に立ち飲みの客があふれ、店員がオーダーを確認する声を張り上げている。美月は騒然とした店の雰囲気が新鮮で、周りを見回した。

「劇団のメンバーでよく来る店なの？」

「打ち上げなんかではよく使うよね」

「この辺で夜遅くまで三〇人くらいで入れるお店って、なかなかないんだよ」

美月は簡単に自己紹介した。普段は接しないタイプの人間なのだろう。「スーツ着て働くのって疲れない？」とか「嫌なお客さんと話すときってどんな顔してるの？」とか「むかつく上司に逆ギレしたことない？」といった質問を一気にすると、話題はいつの間にか劇団に戻っていた。

「こいつさ、俺と同じ劇団で役者の見習いみたいなものをやってるんだよ」

「劇団さんぴんちゃ。知ってた？」

「いや、実は今まで聞いたことがなくて、この前はじめて聞いたのよ」

「大宮ではいちばんの劇団だね」

「埼玉でいちばんだろ」

「芝居のレベルでいえば、東京の劇団に比べても見劣りしないんじゃないかな」

「この辺の劇団の質の高さは、業界では有名なんだ。さいたま芸術劇場ってあるだろ、あの蜷川幸雄がやってた。あれができてから、いろんな人が劇団を立ち上げてるんだ」

「うちの役者だと、叶実絵子とか聞いたことない？　映画にも出てるよ。それと杉並達男も有名かなあ」

「あんまり詳しくないけど、大学のときに演劇をやってた友だちがいたから、何度か観たことがあるわよ」

「マジで？　役者だったの？」

「大学のサークルだけどね」

「小劇場でやってたの？」

「本多劇場とかね」

「小劇場の聖地じゃねえかよ」

「べつにお金さえ払えば、誰でも借りれるらしいわよ。しかも地下の小劇場のほうよ。今でもあるのかな」

「あるよ。叶さんがよく出てるよね。私たちにとっては夢のような場所」

十和子は憧れるような目で、美月のことを見た。

「その前にお前は、早く大きな役をもらえるようになることだな」

「そうなんだけどさ、アピールも弱いと思うんだよね」

十和子は、店の壁に貼り出されたポスターを指さした。

「俺の力作に何か文句でもあるのかよ」

「ずいぶん立派なポスター作ってるわよね」

「そうだろ。これで客の入りもずいぶん変わるんだぜ」

「だったら、私の名前ももっと大きくしてよ」

「セリフのない役者が大きく出てたらおかしいだろ。偉そうなこというな」

「ひどいのよ。私どこに載ってるかわかる？」

「どこだろうな」

美月はポスターを下まで探したが、十和子らしい写真がすぐには見当たらなかった。

「これだよ」

雄次が笑いながら、ポスターの隅を指さした。

「ただの通行人。セリフもない、ちょい役にはふさわしい場所だろ」

「ちょっと待ってよ。セリフくらいあるわよ」

「かけ声みたいなもんだろ」

「バカにしないでよ。あの言葉で舞台の流れが変わるんだから」

「わかったよ。名演技が必要なんだろ。だったらちゃんと練習しろよな」

「知ったような口きかないでよ」

笑いがおさまると、ビールを飲みながら雄次が訊いた。

「劇団の見習いってどんなことしてるか想像できるか?」

「見習いって、言葉通りじゃないの?」

「劇団にいるとね、プロの役者に雑用を頼むわけにいかないじゃない。だから下の人間が何でもやらなきゃいけないのよ。それでいちばんこき使われるのが、チョイ役しか与えられない私みたいな若手で、そういう人たちのことを見習いって呼んでるの。いわば下働きの奴隷ね」

「役者のマネージャーみたいなもの?」

「そうね。掃除したり買いもの行ったり、何でもやらされる存在よ」

ビールを半分くらいまで空けると、十和子は浅漬けを口に放り込んだ。

「どの世界もそうでしょ。いちばん下の人間がいちばん苦労するのって。押しつけられたことを、どうこなすか考えることから学んでいくんだって。劇団で演出やってる高嶺さんも、しょっちゅういってるわよ」

「たしかに、そういう部分はどの仕事にもあるかもしれないな」

「会社員さんにも見習いがいるの？」

「べつに見習いって呼ばれてるわけじゃないけど、入社して何年間かはほとんど変わらない扱いよ。大学出て、すぐに一人で仕事ができる人なんていないでしょ？　先輩に聞かなきゃ何も進まない。それこそ挨拶のしかたから教わるの」

「でも掃除なんてやらされないでしょ」

「似たようなことはあるわよ。メモをとるのは新人の仕事だし、電話番だってしなくちゃいけない。しかも間違えたら大声で怒られる」

「それは同じか。給料も低い？」

「もちろん低いわよ。こんなんで生活できるのって訊きたくなるくらい」

「うちらは、芝居だけで生活していくのは無理だなあ。だいたいみんなバイトしながらだから」

「さすがにそこまで低いとみんな辞めちゃうから、最低限は払っていると思う。でも入社してしばらくはきついわよ」

「何だ、会社員なんて絶対楽だと思ってた。それじゃ、うちらとあんまり変わらないんだね」

「楽しようと思えばできると思うわよ。でもそんなつまらない生活、我慢できないでしょ？」

「私は絶対に無理。やっぱりプロになりたいから」

十和子は、はじめて演劇の公演を見たときの興奮について話した。高校のときの学園祭に、東京のある劇団が来たことがあった。そのときの演技が面白くて、今でも忘れないという。

「あのとき私、絶対に役者になるって決めたんだ」

「いいよね、夢があるっていうのは」

「将来はブロードウェイで、ミュージカルもやってみたいの」

「本場のほうね。それじゃ英語も勉強しなくちゃ」

「メチャクチャだろ。こんなこと話してばかりで、いつまでたっても練習しないんだよ」

「だって、舞台に立つ機会も与えられないじゃない。あんな育成方法はおかしいよ」

「偉そうなことは、やることやってからいえよ」

「いちいちうるさいっ。私はいつか、泳いでもアメリカに行ってみせるから」

「お前、泳げるのかよ?」

「バカにしないでよ。それくらい意志が強いってことよ。そのうち絶対に実現してみせるの」

「楽しみにしてるよ」

「そっちこそ、ただのおっさんにならないように鍛錬しときなさいよ。そんなお腹、腹芸でもない限りお客さんに見せられないから」

「うるせえよ」

美月には、いつもより大きな声で騒ぐ雄次が、一瞬哀しそうな顔をしたように思えた。自分の置かれた立場に不安になるというより、不安にもなれない自分に気まずさを感じている表情といえばいいだろうか。彼が役者でないことと関わりがあるのかもしれない。美月は二人のやり取りを笑い飛ばすことで、気づいていないふりをした。

第四章　九月二一日（土）

仲本雄次にとって、週末は平日より忙しい。とくに今週は朝から芝居の稽古が入っているので、息つく間もなかった。

会社にいると少しでも時間を作ってタバコを吸いに行くが、劇団でサボることはできない。会社の上司や先輩に怒られるより、演出の高嶺延彦に怒鳴られるほうがはるかに怖いからだ。

「ダメダメ、ぜんぜん表情が出てねえよ。もう一回気持ちを込めてやってみろ」

劇団に近い小学校の体育館では、高嶺の怒鳴り声が響き渡っていた。公演が近くなると、公民館や小学校の体育館を借りて練習するのが劇団さんぴんちゃの恒例行事だ。

朝から一般客が集まりはじめているのを意識してか、通し稽古前にもかかわらず、いつもより高嶺の声は大きかった。

公演がはじまるのが金曜日なので、もう一週間を切っている。ステージに立つ役者たちの間から漂ってくる緊張感は、本番そのものだ。

スタッフが機敏に動き回り、役者は周囲の雑音が聞こえないかのように、セリフを口にしている。観客席の後方からステージを見ていると、体育館の入り口に立つ小笠原伸江が手を振っていた。雄次は近づくと、頭を下げた。

「おはようございます。来てくれたんですね」

「もちろんよ。いつも楽しみにしてるからね。はい、お兄ちゃんに挨拶しな」

小笠原にいわれて、二人の女の子が頭を下げた。

「もう来年は中学校ですか？」

「上の子はね。身体だけは大きくてね」

「立派じゃないですか。受験とかはしないんですか？」

「そんなのできるわけないじゃない。学校の勉強についていくのだって、精いっぱいなんだから」

「お芝居好きか？」

雄次の質問に、二人の女の子はうなずきながら舞台を見ていた。普段見ない光景が珍しいのだろう。年に二回は公開練習をするので、雄次は会社の人間をなるべく誘うようにしている。その度に大きくなる小笠原の子どもを見るのも楽しみだった。

小笠原は、上の子が小学校に入る前に離婚していた。どうしようもない奴だったんだよ。離婚した背景について、小笠原はそんな言葉で片付けてしまう。ペンギンファイナンスで働きはじめたのは、何よりも時給が良かったからららしい。芸能人の結婚がニュースになるたびに、もう結婚はこりごりというのが口癖になっていた。

「おはようございます」

田村美月が手をふって近づいてきた。

美月は、白いTシャツにチノパンというラフな服装だった。いつもと同じ黒縁のメガネをしていたが、髪の毛をおろしているからか雰囲気に開放感があった。

「あら、代理さんも来たの?」

「昨日たまたま一緒に飲んでてさ、十和子が誘ったんだよ」

「いいじゃない、コールセンターの子たちもみんな来るんでしょ。会社にいたって、ゆっくり話なんてできないんだから」

雄次がひと通り劇団のスタッフを説明すると、美月が驚きの声を上げた。

「すごい人数ね。みんな練習を見に来てるの?」

「公開稽古は、劇団の重要なイベントだ。地域に根ざしてるんだぜ。ほら、あそこにいるのが市会議員だ」

雄次は、観客席に座ってお茶を飲んでいるおじいさんを指さした。劇団というと若者が多いが、比較的高齢者も多いのが劇団さんぴんちゃの特徴だ。老人たちが並んでいるところは、老人ホームの光景のようだ。

「あっちにいるのが地元の警察署長で、隣がこの小学校の校長先生。それで向こうが自治会の会長さん。地域の実力者が勢揃いだね」

「この人たちが練習のたびに集まるの?」

「さすがにそれはないよ。今日は体育館を使った稽古の初日だから。毎回公演の際には公開稽古をするのが、劇団のファンサービスになってるんだ。劇団にすれば緊張感が高まるし、話題にもなる。公演を観るために市の外からもけっこうな人が集まるからね。ちょっとしたＰＲだよ」

「よくこんなこと考えつくわね」

雄次は自慢げに、驚きの表情を隠さない美月を見た。

「ちょっと、あんたたち邪魔しちゃダメよ」

舞台のうえでは、叶実絵子が顔を出した。有名人が出てきたことが気になるのだろう。子どもたちを注意していた小笠原も、舞台のほうに行ってしまった。

「高嶺さん、今回は気合い入ってるな」

「いつもと違うの？」

「あそこで話してるの、有名な演劇評論家なんだよ。今回の作品は注目されててさ、反応次第では劇団さんぴんちゃが全国区になることだって夢じゃない」

「よくわからないけど、すごい人なのね」

美月は雄次の指さす方向を見た。

「あの人に認められれば、全国の劇団から注目が集まるからね。彼がわざわざここまで見に来ることも、めったにないくらいだから」

高嶺延彦は四〇歳になったばかりだが、年齢以上に若々しさが感じられるのは動きが大きいからだろうか。すらっと背が高く、長い髪の毛を束ねている。ときどき怒鳴る声は、誰よりも大きかった。

「何だその歩き方は。ただ歩いてるだけじゃ、楽しいのか疲れてるのか、急いでるのか面倒臭いのか、何も伝わらねえんだよ」

高嶺が、女優に大きな声で指示をしている。周囲の役者たちもTシャツを汗まみれにしたまま、じっと話に耳を傾けていた。

「叶ちゃんも緊張してるね」

振り返ると、皆川明が髭をさわりながら舞台を見ていた。

「やっぱりそうですか?」

「彼女にとっても正念場だからね」

「舞台監督の皆川さんだよ。この劇団の歩く重要文化財だ」

雄次が紹介すると、美月と戻ってきた小笠原が挨拶した。

「またバカにして。その紹介はないんじゃないか」

「本当のことでしょ」

「先輩は敬わなきゃダメだぞ」

「いつもちゃんと、敬ってるじゃないですか。こっちが同じ会社の田村さんで、こっちが小笠原さん。遊びに来てもらったんだ」

「そうですか。ゆっくりしていってください」

皆川はキャップを取ると、汗でべっとりになった頭をかいた。Tシャツのうえに羽織っている薄手のジャンパーは、元の色がわからないくらいペンキで汚れていた。

「恋人の大一番となれば、叶さんも頑張るんですね。そんなこと関係ないって割り切る人だと思ってました」

「普段は冷たい女が、こんなときには一線を越えて情を出す。名女優も女っていうことよ」

「えっ、あの二人って……」

「そう、できちゃってるの。まあ、一日中ずっと近くにいるわけだから、この世界じゃよくある話だけどね」

皆川が、驚いた表情をする小笠原を見て笑った。

「ついでにいうと、あっちに若い女優がいるでしょ。あれが高嶺ちゃんの前の女」

「えっ？」

「乗り換えたんだよ」

「だから今回ばかりは、叶実絵子も失敗できない。いつもは直前にならないと全体練習に加わらないくせに、今回は時間ができたとかいって早く稽古に来てさ。愛があればこそだよ。まあ、人間関係がどうこじれようが、いい芝居ができればいいんだけどね」

皆川はいいたいことだけいうと、自分を呼ぶ声に手を挙げて行ってしまった。そろそろ通し稽古がはじまるようだった。

「あれ、石本さんたちじゃない？」

小笠原が手を振ると、数人の女性が挨拶をしながら歩いてきた。コールセンターのスタッフだ。

普段より華やかに見えるのは、私服だからだろうか。結婚してまだ小さい子どものいるリーダーの増山以外は、五人が揃っていた。中心にいる石本希美が、驚いたように美月の顔を見た。

「代理さんもいらっしゃってたんですか？」

「十和子が誘うからさ」

「べつにいいじゃない、調査しに来たわけじゃないんだから。でしょ？」

小笠原の言葉に、美月が慌てて答えた。

「もちろんよ。こう見えても演劇は昔から好きで、観に行ったことがあってね」

「そうなんだ。代理さんも出てたんですか？」

「私じゃなくて友だちが劇団に入ってたから、よく連れて行ってもらってたの」

「それって、もしかして彼じゃないですか？」

「そんなところかな」

「やっぱり」

美月が簡単に学生時代の話をすると、みんなの表情に笑顔が見られた。意外だったようだが、美月を避けるようなところはない。

こんなときに、女性はやはりすごいと思う。どんな話題でも退屈しないで話を続けることのできる彼女たちの能力に感心した。

「後で休憩時間にでも、役者に挨拶に行ってみようか？」

「舞台裏ってやつですか？」

雄次の提案に、石本希美が驚きの声をあげた。

「べつに今日は稽古だけだから、その辺で声かければいいだけだよ」

「挨拶できるって」

「すごいね」

スタッフが手を叩いて喜んでいる。

「叶さんにも会えるんですか?」

「もちろんだよ。普段はなかなか挨拶してくれないからね、サインももらっておいたほうがいいぞ」

「サインもいいの?」

「字が下手だけどな」

「そんな幻滅すること、いわないでよ」

石本が笑うと同時に周囲が静かになり、稽古がはじまったことがわかった。

雄次が美月と校庭に出て腰を下ろしたのは、通し稽古が終わり、休憩に入ってからだった。どこからかクッキーが配られたので、お茶を飲みながら芝生のうえで食べることにした。

九月も半ばだが、しばらく夏の太陽が弱まりそうな気配はなかった。

「あー、平和よねえ」

小笠原も体育館から出てくると、大きく伸びをした。

「代理さんは、この後どこかに行くんですか?」

「今日は何も予定はないです。ゆっくりして、明日はお客さんの葬式に行こうと思っています」

「あの自殺した人？」

美月がうなずいた。

「ああいうことがあると、本当に嫌になっちゃうわよね。普通は返せ、ちょっと待ってくれっていうやり取りがあるんだけどさ、覇気がないっていうか不思議と淡々としててね。まずいかなって思ったら、早めに本社に報告しなきゃいけないんだけどね」

「こういうことは、よくあるんですか？」

「たまにね。私もこの仕事をはじめたばかりの頃はよくわからなくてさ、最近連絡取ってないなって思ったら、やられちゃってたの。最後に話したときに、いい合いみたいになっちゃっててね。もう少し待ってくれっていうのを、何の事情も聞かなかったのよ。もう後味が悪くてね。何日も夢に出てきたわよ」

「それは、やりづらいですね」

「本当よ。しかも部屋で首つってさ。家族の顔を想像すると、やりきれなくてね。けっきょく葬式は、支店長に行ってもらったんじゃなかったかな。自分が殺したみたいで、会わせる顔がないよね」

「そうですか……」

「代理さんは話したこともないんだし、どうしても行かなきゃいけないんだったら、挨拶だけして早めに引き揚げたほうがいいと思うよ」

子どもたちが小笠原を呼びに来た。どうやら昼ご飯を一緒に食べに行くようだった。雄次は美月と二人になると、急に眠気が襲ってきた。

「しばらく昼休みだから、ここで休んでようか」

雄次はTシャツの袖をまくり上げると、寝転んでサングラスをかけた。目の前を大きな雲が横切っていく。

「稽古はひと段落したの?」

「そうだな。今は若手の動きを確認してるんだろ」

「十和子ちゃんはどこにいるの?」

「なかでセットの確認をしてるよ。本番の劇場と違って、小学校はステージが高くなってるだろ。いつもと動きが違うから、注意しなくちゃいけないポイントが多いんだよ。あいつ舞台装置のアシスタントも兼任してるから、通し稽古のときはそっちのほうが忙しいんだ」

雄次はタオルを顔にかけると、目を閉じたまま返事をした。

「でもすごかったわね、あれがプロの演技か」

「ぜんぜん違うだろ」

「叶さんは格が違うけど、みんな上手いわね。ちょっとしたセリフでも、私が今まで観てきたのとは臨場感が比較にならないから」

「あのレベルの役者になると、リピーターの客がいるからな。彼女たちだけを観るためだけに来てくれるんだ。本当にありがたいよ」

「周りの役者さんたちもいいわね。みんな真剣で、芝居が好きそうで」

「好きじゃなきゃ、こんなきつい生活は続かないからな」

興奮気味に話す美月に、雄次は素っ気なく答えた。

「みんな、アルバイトしながら頑張ってるの？」

「芝居だけで食べていける役者なんて、ほんの一部だよ。みんないろんなところで働いてるよ。でも高嶺さんに集まれといわれれば、何をおいても集まる。芝居の虜になってる連中なんだ」

「仲本君は役者をやりたいとは思わないの？」

「やりたくないっていったら嘘になるな。俺だってもともとは役者として入団したんだ。でも、今の役割は広報だ。お客さんをたくさん呼ぶっていうのも、大切な仕事だからさ」

「広報の仕事が重要なのはわかるわよ。でも大勢の観客の前で自分の演技を見せるって、やったことのない私が考えただけでもすごいと思うな」

「裏方だって同じだよ。人前に出るわけじゃないけど、いい芝居がお客さんに伝われば感動する。役者のきついところは、稽古には全部出なくちゃいけないところだ。そうしたい気持ちもあるけど、今の仕事をしながらじゃ、まず無理だ。俺が会社を辞めてもいいっていうならべつだけどさ」

「それはこっちも困るな」

「いろいろ考えたうえで、今の役割をやってるんだよ」

話しながら、雄次は自分自身がそんな説明に納得できていないのはわかっていた。

もし会社を辞めてもいいといわれたらどうしようか。期待混じりに湧きあがった感情も、しばらくして消え去っていった。

「十和子ちゃんを見に行ってもいい？」

「いいけど、さっきの演技を見ちゃうと、退屈すぎて観てられないぞ。本当にセリフの練習みたいなもんだ。あいつにたいしたセリフがあるわけでもないし」

「そうかもしれないけど、せっかくだから。いいでしょ？」

「まあな。でも本当に面白くないからな。それでもいいなら止めないよ」

「わかった」

美月がうなずくのを確認すると、二人はふたたび体育館に向かうことにした。


「世間って、いったい誰のことをいってるの？」

十和子に割り当てられたセリフは、この一言だけだ。今回の公演の練習がはじまって以来、雄次も何度聞いたか数えられない。

どういう文脈の言葉だっただろうか。数限りなく一つのセリフを聞いていると、言葉から意味が剥落してくるから不思議だ。

「そんなセリフもいえねえで、何年役者やってるんだよ」

どうしてここまで一つのセリフで怒ることができるのだろう。そう思ってしまうくらい高嶺延彦は真っ赤な顔をして怒鳴っていた。

延々と十和子がセリフを繰り返し、高嶺がダメ出しをしていく。一つのセリフをめぐって長い時間をかけることのできる二人が、美月には不思議なようだった。

「すごい緊張感ね」

「まあな」

「できるまで繰り返すの？」

「そういうときもあるよ」

小声で話す美月の質問に応えながら、雄次は十和子を見ていられない気分になっていた。

こんな光景が三〇分以上続くこともある。劇団のメンバーには、あきれた表情でべつの作業をしている者もいた。

「もう行こうか？」

「観なくていいの？」

雄次がいきなり立ち上がったので、驚いたように美月が訊き返した。

「いつも観てるシーンだよ。あと何十分もかかるし、観てる側からすれば退屈なシーンの連続だ。明日の準備もしなくちゃいけないしさ」

「そうなんだ……」

美月は目の前のやり取りから目が離せなくなって、しばらく立ち止まっていた。

「ぜんぜんできてねえじゃねえか。今まで何やってたんだよ。学芸会じゃねえんだぞ」

「世間って、いったい誰のことをいってるの？」

「だからオママゴトやってるんじゃねえんだよ。役になりきることもできてねえじゃねえか」

「世間って、いったい誰のことをいってるの？」

「もういい。やめちまえ。時間のムダだ。雑巾がけだけやってろ」

「もう行こうぜ」

雄次は美月の腕をつかむと、強引に引き上げた。

「どうしたの？」

「観てらんねえんだよ」

雄次は舞台から目をそらすように、美月の腕を引っ張って外に出た。

いつもそうだ。誰よりも時間をかけて練習するし、芝居が好きなのに、高嶺の前で話すと緊張して言葉が出なくなってしまう。そんな態度にイライラして、高嶺もフラストレーションを吐き出すように怒鳴り散らす。

こんな十和子の姿を見てほしくないと考えながら歩いていたので、雄次はなぜ美月が立ち止まったのかわからなかった。

「何の音？」

「えっ？」

美月の声に、雄次は周囲を見回した。

「何か大きな音がしなかった？」

何も聞こえなかったが、体育館のなかで誰かが騒いでいるのはわかった。

「ちょっと見てくるよ」

雄次が駆け出すと、美月もついてきた。ステージでは人だかりができて、慌ただしくスタッフが動いている。

「どうしたんだ？」

雄次が人をかきわけて前に進もうとすると、劇団員のひとりが顔を向けた。

「事故だよ。移動する際に、舞台からセットが落ちたみたいだ」

「観客は大丈夫なのか？」

「ステージ下には誰もいなかったらしい」

「良かった」

雄次が周囲を見回すと、皆川がメンバーに大声で指示していた。ケガ人がいなければ深刻な事態は回避できそうだ。大きく息を吐き出した高嶺も、同じことを考えているに違いなかった。

「これはひどいわね」

美月の心配そうな声に、雄次も視線を移した。ステージの下では、舞台装置の冷蔵庫が倒れて壊れていた。

「みんな、ケガはないな？」

「大丈夫です」

皆川が問いかけると、何人かから声が返ってきた。

「危ないから近づくなよ」

周囲を見回して高嶺がいったが、すぐに離れる者はいない。

冷蔵庫の部品があちこちに飛び散っていた。観客はほとんど帰っているようで、関係者しか残っていないのが幸いだった。

「どうにかなりそうか?」

呆然と立ち尽くす劇団員たちの沈黙を破ったのは、高嶺の声だった。

「これはむずかしいですね」

舞台装置を担当する、高津三郎の答えは素っ気なかった。

雄次の目にも、冷蔵庫が修復不可能なほどに壊れてしまったのがわかる。短時間で元に戻すのはむずかしいだろう。今回の劇で唯一といえる舞台装置だっただけに、目の前の光景を見たとたんに、劇全体の修正につながる可能性について考えはじめていた。

「べつのを見つけてくるか、作り直すしかないか」

「できなくはないですけど、時間との相談です。この冷蔵庫だって、探し出して手直しするのに二週間はかかっています」

「そこまで待ってる時間はないよ」

公演は金曜日からだ。あと五日間で直さなければいけない。

「セットなしで行きましょうか?」

三郎の問いかけに、高嶺はじっとステージを見つめていた。

おそらくセットをなくしたときの効果について考えているのだろう。もともと抽象劇なので、舞台装置の役割はそれほど大きくない。

「ちょっと時間をくれ」

高嶺は周囲から離れると、近くの椅子に座り込んだ。

ある大学生が五〇年以上前の日本にタイムスリップするというのが、今回の芝居のストーリーだった。

東京オリンピックを翌年に控えた日本。大学生は、陸上の短距離走でオリンピック出場を目指して練習を積んでいる。そんな学生が合宿所にある古い冷蔵庫のなかをのぞいて、過去に紛れ込んでしまう。

まだ冷凍ボックスもわかれていない、1ドアの大きな冷蔵庫だ。後ろは放熱パイプが剥き出しになっている。

昔に紛れ込んでしまったことに気づいた学生が驚いたのは、自分の記録が当時の日本記録より早く、世界記録更新も夢ではないことだ。

突如として現れた期待の新人に、長く不振を続けていた日本陸上界が騒然とする。世界記録を出して東京オリンピックで優勝することこそ、国民が夢見てきたことだからだ。

しかし学生の記録が伸びなくなるのは時間の問題だった。食生活が違い過ぎて、自分のコンディションを維持することができないのだ。

これが本当の自分の実力なのだろうか。冷蔵庫の前で自問する日々が続く。高嶺が書き下ろした、劇団さんぴんちゃ向けのオリジナル脚本だった。

冷蔵庫のセットがなくても、演技力さえたしかであれば問題ないのかもしれない。しかしこの芝居における冷蔵庫は、現在と過去をつなぐ重要な装置でもある。物語の核ともいえる古めかしい冷蔵庫なしに、芝居を進めるのはむずかしかった。

「皆川さんはどう思う?」

「あったほうがいいだろうね。冷蔵庫がないと、観客も感情移入できないんじゃないかな」

「私もそう思うわ。冷蔵庫は、この芝居のいちばんのポイントよ。何もないと、何の話かわからなくなっちゃうし」

叶実絵子が皆川の意見に同調した。周囲のメンバーは、ただ事態の経過をうかがっている。

「でも時間がないな。金曜日からのスタートだろ。実質的にあと四日で何とかしなくちゃいけない。現実を見たほうがいいんじゃないか」

高津三郎は、周囲の雰囲気に抵抗する姿勢を崩さなかった。

「間に合わせてほしいな。これがなくちゃ、今回の公演は成り立たない。それくらいこの冷蔵庫は重要だよ」

「だけどなあ……」

「どうにかできるところまででもやってくれないか」

高嶺の言葉に、三郎もなかなか首を縦に振らなかった。舞台を知っていればこそ、いい加減なことはいえなかったのだろう。

「しかし、あなたは本当に疫病神みたいな子ね」

沈黙を破ったのは、叶実絵子だった。全員の視線が、叶実絵子の視線の先で立ちつくす北島十和子に向かった。

「いったいどこまで、芝居をぶち壊せば気が済むの？」

「べつにわざとやったわけではありません」

「わざとじゃなくても、あなたがいると不幸が寄ってくるような気がするのよ」

「おいおい、それはいい過ぎじゃないのか？」

皆川が、横から口を出した。

「どうするのよ、この舞台の準備は？　間に合わなかったら、絶対にこの子の責任だからね。雄次もちゃんと聞いてるの？」

「十和子が何をしたんですか？」

「あんた見てなかったの？　この子が装置を動かしてたのよ」

「十和子が？」

「今日は時間が押してたから、何か手伝えないかと思って動かしたんです」

「どうかしらね」

「どういう意味ですか？」

「高嶺さんに怒鳴られて、むしゃくしゃしてやったんじゃないの？」

「私がわざと壊したっていうんですか？」

「そんなこと思いたくないけど、あなたが大声で怒鳴られた姿とこのセットをぶち壊したことしか事実はないのよ。二つをつなぎ合わせればそうなるでしょ」

「ひどいです」

「ひどいっていいたいのはこっちよ。こんなに直前になって舞台装置を壊されて、けが人が出なかったからよかったものの、もう少し神経質になってもいいんじゃないの」

「私の稽古に時間かかったせいで遅れたらまずいから、みんなに迷惑かけないようにセットを動かそうと思ったんです。でも稽古場と違ってどうやって動かせばいいのかわからないし、キャスターをつけて移動しやすくしてあるなんて知らなかったから……」

「バカヤロー」

雄次の怒鳴り声に、一瞬周囲が静まり返った。

「そんなのお前の役割じゃないだろ。お前にはやらなきゃいけない仕事があるだろ。自分の役割をしっかりこなすのが先なんだよ」

「雄次まで私が悪いっていうの?」

「誰も悪いなんていってないよ。役割が違うっていってるんだ」

「べつにわざとやったわけじゃないし、そんなに私が悪人のような言い方しないでよ」

「お前のそういうところがいけないんだよ」

「まあまあ、ここでいい合ってもしかたないだろ」

「そうよ、どうしようもないんだからさ。とにかく責任取ってもらうべきっていうのが私の考え。うやむやで済ますなら、私下りるから」

「叶ちゃんもさあ、そんなこといわないでよ」

皆川が叶実絵子の肩を叩いた。

「だって本人に反省の色もないみたいだし、こんな子と一緒に舞台やってたら、私の命だって危ないわよ」

「そんなことといったって同じ劇団のメンバーじゃないか」

「だから早くこんな子、やめさせてっていったのよ。ぜんぜん話してないみたいじゃない」

叶実絵子の言葉に、高嶺が皆川を見たのがわかった。

「皆川さん、話してくれてるんだろ?」

「ちょっと訳があって……」

「まだ話してないの?」

「そんなこと、ここで持ち出す話じゃないですよ」

雄次が反論すると、十和子が体育館から走り出してしまった。

「おい、十和子」

追いかけようとして、雄次は立ち止まった。劇団の広報担当として、今この場所から離れるわけにはいかない。

「代理さん、申し訳ないけど十和子を見てきてくれないか?」

雄次はその場にいた田村美月に頼むと、舞台装置に話を戻した。

三郎が確認すると、冷蔵庫は倒れた拍子に扉が壊れて閉じなくなっていた。もう一度作り直すべきという高嶺に、舞台装置を担当する三郎があらためて反対した。

何もする前からできないというのは、高嶺がいちばん嫌いなことだった。しかしできるかわからないことに労力をかけるより、できることをすべきだと、三郎が一歩も引かなかった。

いつもなら劇団内の落としどころを考えて行動するタイプの三郎がここまで反対するのだから、今回はやはり無理かもしれない。そんな流れを決定づけたのが、叶実絵子のわがままだった。

冷蔵庫がなきゃ、芝居はできない。

役者にそこまでいわれれば、三郎は折れるしかない。

「同じものがどこかにあればいいんだけど、なかったら最悪、ゼロから作るんだな」

高津三郎は壊れた冷蔵庫のドアをさわりながら、覚悟したようにいった。

「これ、どこから持ってきたんだっけ?」

「うちの実家で使ってたものです」

演出アシスタントの小田茜が答えた。あまりに古いので買い換えようと思っていたところに、今回の芝居が重なったという。小田の話を聞いていた高嶺が、手を叩いてみんなの注目を引いた。

「同じような事情で古い冷蔵庫を持っている人がまだほかにいるはずだ。どうにか借りられないか、あきらめないで動いてほしい」

「手分けして探そうか。しばらく頑張ってみて、いちばん合いそうな冷蔵庫を使う」

「じゃあ、三郎と雄次が中心になって探してくれ」

見つからなかったらどうするのか。みんなそんな質問が喉まで出かかっていたが、この場では飲みこむしかなかった。

「わかりました」

高津三郎は指示に答えると、体育館から出ていった。

「十和子ちゃんはいいのか?」

「すみません。ちょっと見てきてもいいですか?」

雄次は時計を確認すると、皆川の返事を聞く前に駆け出していた。

十和子が走っていった方向に追いかけると、雄次は学校の敷地内を見て回った。

古くからある小学校だけに、建て直したばかりの体育館以外は、設備はどれも古く使い込まれていた。校舎は三階建てのコンクリート構造で、いたるところが補修されている。

気になったのは、十和子をやめさせようとする動きを本人に知られてしまったことだ。他人の感情には敏感な子だ。どう説明すればよいだろうか。

そう思うと、なかなか二人が見つからないのがかえってありがたかった。

校舎の横には広いグラウンドがある。鉄棒の脇に倉庫のような建物があり、赤い頭の十和子が座っていた。美月と何か言葉を交わしているように見える。雄次は歩きながら、何を話せばいいか考えてみた。

「十和子」

「広報さんが、こんな大事故のさなかに散歩してる暇なんてあるの?」

十和子は雄次の顔を見ると、視線をそらした。

「そんな顔するなよ。心配したんだぞ」

「最悪だよね。やめさせるとかやめさせないとか、本人のいないところで話してたんだ。結論は出たの？」

「高嶺さんも、何か考えがあってのことだろ。俺が広報に回されたのだって、あの人の考えだし」

「どれだけ私が芝居に情熱を注いでるか、知ってるんでしょ」

「もちろんだよ」

「だったら、そんな話をこそこそしないでよ。やめるかどうかなんて自分で決めるんだから」

「何も決めたわけじゃないよ。俺だって話を聞いただけで、反対したんだ」

「ホント？」

「本当だよ。信じてくれ。俺も役者をやめたことを後悔してるんだ。お前には後悔してほしくない」

十和子は雄次の目を見た。今まで役者についての自分の気持ちを話したことがなかっただけに、十和子も意外そうな目を向けていた。

できることならもう一度挑戦したいと思う。こんなところで、すんなりと自分の口から出てくるのが不思議だった。

「ありがとう。後は俺が連れて行くよ」

「大丈夫？」

雄次は気まずそうに立ち尽くす美月にうなずくと、十和子の前に腰を下ろした。

「事故の対応で、当面みんな手一杯になる。十和子のせいだなんて誰も思ってないから、戻ってきてくれないか？」

「べつにそう思う人たちは勝手に疑っていればいいんだよ。そんなつもりじゃなかったのは本当のことなんだから」

「わかってるよ」

十和子はかごからバスケットボールを取り出すと、両手で抱きかかえた。

「何で私って、何やってもダメなんだろうな。いつも失敗ばっかりして。こんな人ってほかにいる？」

「たまたま悪いことが重なっただけだ。そういうことはときどきあるよ」

「自信なくなってきちゃうよ。本当に疫病神なのかもしれない」

「頑張ってるから失敗もするんだよ。何もしなきゃ、失敗なんてしないんだからさ」

「雄次もたまには優しいこというじゃん。いつもそんな風ならいいのに」

「本当のことだろ。誰に頼まれてやってるわけじゃない。膨大な時間を注ぎ込んで、何のためにあんなに厳しい練習をやってるんだ。芝居には何かがあるって、思うから続けられてるんだろ？」

「もちろんそうだよ」

「誰に何といわれようと、こだわり続ければいいいんだよ」

「嫌な女になりそう」

「得意だろ」

十和子の笑顔を見て、雄次も笑った。

雄次のなかで湧き上がってきたのは、一生懸命な自分を見ているような気恥ずかしい思いだった。芝居を見るときに抱くのはいつも同じ感情だ。演じている役者たちの姿が、自分の過去を見ているようで目を背けたくなってしまう。

「やめるのはいつだってできるけどさ、一時の感情で決めたら、絶対後悔するよ」

「そうかな」

「間違いない。戻ろう」

雄次は、十和子の手をとって立ち上がった。


「どうだった?」

雄次を見ると、皆川が心配そうな顔を向けた。

「今は落ち着いてます。とりあえず事務所に帰しました」

「そうか。変なことにならなければいいけどな」

「目の前であんな話をされたら、誰だって怒りますよ」

「叶ちゃんも精神的に参ってたところにこの事故だろ? 悪気はないと思うんだけどさ」

「悪気がなくてあそこまでいわないでしょ。役者としては立派なんでしょうけど、劇団員としてどうかと思いますよ」

皆川が何もいわないのがわかると、雄次は体育館のステージを確認した。

もうすでに掃除し終わっているようで、壊れた冷蔵庫は運び出されていた。事故の興奮が冷めやらぬように、何人かのスタッフが歩き回っている。

「皆川さん、ちょっといい？」

高嶺が手招きしている姿が目に入った。

「どうしました？」

「手が空いてる若手がいれば、照明の確保に行かせたいんだけど誰かいないかな」

「今のままだと明るさが足りないんで、もう一つ確保しておきたいんです」

演出アシスタントの小田が説明すると、皆川が天井を見上げた。

「一つで足りるのかい？」

「どうにかなると思います」

「じゃあ、明日にでも誰か行かせましょうか」

「適当なのいる？」

「そうだねえ。誰がいちばん暇かな」

「まったく、こんな忙しいときに騒ぎを起こしやがってな」

高嶺は思い出したように、イライラした口調でいった。

「本人も悪気があったわけじゃないんですから、みんなで埋め合わせするしかないんじゃないですかね」

「私が手伝いますよ」

雄次が口を出したのは、高嶺の表情がいかにも不満そうだったからだ。

「会社員のお前に、そんなことしてる余裕があるのかよ」

「ほかに人がいないんだからしかたないじゃないですか？　三郎さんと行ってくればいいんですよね」

「そうしてくれればありがたいけどさ」

雄次は驚いた表情の皆川を通り越して、高嶺をにらんだ。

「日曜日ならいくらでも動けますから」

「後は冷蔵庫だな。できればこっちもきっちり探してもらいたいところだ」

「わかってますよ」

「公演に影響が出ないようにな」

雄次が返事をせずに目をそらすと、高嶺はため息をついた。

「この際だから、俺の考えをいっておく。十和子はこの劇団にいる意味はない。演技力は悪くないものを持っていると思うが、あの程度の役者はざらにいる。いわば誰でも替えが効く程度の存在でしかない。劇団にとって価値があるとすれば、雑用の手足としてだ。それでもこんな事故を起こすようなら、正直いっていないほうがいい。その程度だ」

「ひどい見方ですね。そんなことといったら、この劇団に必要な役者なんていなくなっちゃうじゃないですか？」

「若いうちはどんな可能性があるか否定できないから、劇団に入るのは反対しなかった。でもあいつを見ている限りでは、この三年間で成長しているとは思えない。それもふまえてうちに残りたいっていうなら、裏方に徹してもらうしかない」

「それはもう決定ですか？」

「べつに俺が決めることじゃない。本人がどう考えるかだ。どうせ芝居が好きでやめられないとかいってるんだろ。そういう気持ちを否定するわけじゃない。どうしてもここにいたいなら、みんなが納得できるように行動で示すしかない」

高嶺の厳しい口調に、雄次はうなずくしかなかった。

切って捨てるような言い方をするのは、いつものことだ。高嶺のいうことが間違っていないだけに、雄次も聞いていて苦しかった。

「あいつ見てると、本当にイライラするんだよ」

「そんなこと……」

「一生懸命頑張ってるのはわかるんだけど、いつも空回りでな。見ていて鬱陶しくてさ」

「本気なんだから、しかたないじゃないですか」

「芝居が好きなことはわかるよ。でもエネルギーを使うべき場所が違うんだよ。あいつ、自分の声にコンプレックスを持ってるの知ってるか？」

「コンプレックスですか？」

「知らないよな。プライドだけ高くて、誰にもいえないんだよ」

雄次の驚く表情に、高嶺が笑った。

「ちょっと鼻にかかったような声で、あの声だと自分のセリフが通っているかわかりにくいんだよ。俺も鼻声っぽいところがあったから、それが嫌でさ。とにかくいつも不安で、稽古に明け暮れてたよ」

高嶺は腕を組むと、昔を思い出すように遠くを見た。

「何でそれを利用しないんだよって思うんだ。あいつは理想となる女優像っていうのが自分のなかにあって、そこに近づくのが稽古だと思ってやがる。そうじゃねえんだよ。どんなことでもいいから自分にしかないものを見つけることが大事なんだ。それが憧れと違ったってかまわねえんだ。俺もあるとき、そう気づいたんだよ。この声こそが俺の個性なんだってさ。こんな声してる役者はどこにもいないんだ。そう思うと怖いもの知らずでさ。あいつも吹っ切れるまでやってみればいいのに、どうでもいいところでくよくよしてやがる。それがもったいないと思うから、強くあたっちゃうんだよ」

高嶺の悔しそうな表情に、雄次はいつの間にか握りしめた拳を緩めていた。

第五章　九月一二日（日）

日曜日は、朝からマッサージを予約してあった。

もともと田村美月は肩が凝りやすい体質だが、大宮に来てさらにひどくなった気がする。仕事が急にハードになったからだろうか。

会社からの帰り道、交差点で信号が変わるのを待っていると、マッサージの看板が自分を手招きしているように思えてならなかった。

「ずいぶん凝ってるね」

六〇分の指圧マッサージのコースを選ぶと、足をもみながら先生がいった。

疲れがたまっていたのだろう。一本ずつ身体のネジが緩んでくようで、しびれるような痛みが心地よかった。足のツボがここまで全身に効くとは思わなかった。

前日の稽古風景に美月が思い出したのは、大学時代のかつての恋人のことだった。女子高上がりの美月にとって、はじめてつき合った男性だった。彼は演劇サークルに所属していて、公演前は稽古が終わるのが夜遅くだった。

出会いは現代文学の授業だった。毎回必ず一冊の小説を読み、内容についてディスカッションする。そんな手間のかかる授業であることを知らずに履修した学生は、二人を含めて数人しかいなかった。

長いまつげと、笑ったときの優しい目が印象的だった。ぶっきらぼうな言葉遣いにときどき混じる大阪弁に、彼の素顔を見るようだった。

話は面白いんだけど、まどろっこしくて眠くなっちゃうんだよなあ。いつも課題の小説を読み切れずに出席して先生に怒られては、慌てていい訳する姿がおかしかった。

美月は自由が丘のアパートで、彼は川崎に住んでいた。お互い一人暮らしだったので、いつの間にか美月の部屋で一緒に暮らすようになった。

同棲していることを実感したのは、洗濯をするときだった。劇団では一年生が持ち回りで先輩の衣装を洗濯するという決まりがあって、彼は週に何回か、大量の洗濯ものを持ち帰ってきた。洗濯するのはいつも昼過ぎだった。洗濯ものをベランダに干した後で、よく二人でビールを飲んだ。色とりどりの衣装の向こうに見える白い雲を見上げながら、彼の横顔を眺めるのが好きだった。

あまりに汚れがひどいと、近くのコインランドリーに行った。大きなカゴに洗濯物を入れて歩いていると、想像していた学生生活とずいぶん違うのに幸せが実感できた。

しかし彼が芝居にのめり込んでいくにつれて、すれ違いが目立つようになった。帰りが遅くなり、大学の授業に出ることも少なくなっていく。

生活のリズムが合わなくなると、自然と二人の会話も少なくなった。彼が嫌いになったわけではなかったが、つき合うことの意味を問われているようだった。

あるとき、芝居の稽古が終わるのを待って二人で食事に行く約束をしていたが、いつまでたっても彼から連絡が来ないことがあった。

稽古は終了時間が読めないので、いつもは自由が丘のアパートでテレビを見ながら待っていた。テレビに飽きると、美月は洗濯機を掃除した。ペンキがこびりついた洗濯槽の底を洗い、ゴミ取りネットを取り換えていると、無性に自分のしていることがバカらしくなってしまった。

「何で連絡もくれないの？　ずっと待ってたのに」

玄関のドアが開くと、我慢できずに叫んでいた。

「稽古で余裕がなかったんだよ」

「電話一つできないくらい忙しかったの？　予定してたんだから、気を遣ってくれたっていいじゃない」

美月の言葉にため息をつくと、彼はやりきれない顔をしてソファに座った。おそらく疲れて帰ってきて、いい合うのも嫌だったのだろう。

「ずっと待たれてると、重いんだよ」

しばらく沈黙した後で、彼の口から出てきた言葉に何もいえなくなった。

「お前も何かやってみろよ」

「何かって？」

「時間を忘れて打ち込むことのできるものだよ。規則正しく生きるだけじゃ面白くないだろ。

人生で今しかできないことを探すんだ」

「そういうものがないとダメなの?」

「べつになくちゃいけないわけじゃないよ。ただ、もったいないんじゃないかと思うんだ。目標が見つかれば、それだけで毎日が楽しくなるよ」

今のままでも楽しいよ。美月はそういおうとしたが、何もいえなかった。

心揺さぶられる何かに、ありったけのエネルギーを注ぐ。そんな生活がうらやましいと思ったこともあるが、自分とは違う世界だと片づけていた。美月の思いは、彼には理解できなかったのだろう。

あの頃も、引っ越すかどうかで悩んでいた。環境を変えれば、彼のことを忘れられそうな気がしたからだった。

マッサージから帰ると、美月は不動産屋が置いていった一人暮らし用マンションの書類に目を通した。

わざわざ書類を取り寄せたのは、いつまでもウィークリー・マンションにいるわけにはいかないという気持ちを忘れないためだった。しかしどうしても、勧められたマンションに住んでいる自分を想像できない。

ソファでぼうっとしていると、留守電で指定されたとおり、午後一時前に不動産屋からの電話が鳴った。

「いい物件だと思うんだけどね」

営業担当のおばさんは、休みの日に申し訳ないと前置きすると、マンションの良さを説明した。

「会社まで歩いてすぐだし、家賃も手ごろだし、何より食事を用意してくれるっていうのがいいだろ。どうしても一人だと外食になりがちだ。寮みたいだって思うかもしれないけど、それが魅力で入居したがる会社員の方も少なくないからね」

「そうですね……」

「何か不満があればいってよ。ほかに目をつけてるところがあるの?」

「べつにそういうわけじゃないんですけど……」

「広さは問題ないよ。二部屋あるし、彼と一緒に住むんだったら手狭かもしれないけどね」

美月が揺れていたのは、どのマンションにするかではなく、本当にこの土地で生活をはじめるかどうかだった。すぐにでも平井部長に謝って本社に戻りたいという気持ちと、このままでは帰りたくないという気持ちが交互に襲ってくる。

不動産屋からは、人気があるので午後にでも見学に来てほしいといわれていたが、顧客の葬式に出席することを理由に断った。早めに葬儀会場に向かったのは、自分の気持ちが変わらないうちに外出してしまいたいと思ったからだった。

葬儀会場は、宮原駅近くにあった。

美月は駅ビルのトイレによると、化粧を直して、印刷してきた地図を見ながら葬儀会場に向かった。

顧客の属性はおおむね確認してあった。家族のない一人暮らしで、最近会社も辞めていたという。いったい九〇万円が苦で死を選ぶ男の生活とは、どのようなものだったのだろうか。

生きがいを失い、借金をすることに対する後ろめたさをなくした債務者は危険だ。ギャンブルをしていなそうな点が救いだったが、定期的な顧客の把握が不十分だと本社から指摘されそうで気が重かった。

過去の例から見ても、借金での悩みが自殺につながった可能性は否定できない。ペンギンファイナンスが自殺に追いやったととらえられがちだ。

本社からは、このような葬式に出席することは控えるようにいわれている。どうしても出席する必要がある場合は、挨拶するのは最小限にとどめ、なるべく早く退席するように。

美月は受付で記帳を済ませると、一瞬悩んだうえで名刺を置いた。会場に目をやると、比較的来場者の数が多いのが意外だった。

遺影に写っている男性は、はじめて見る顔だった。五〇歳だったというから、歳相応といえなくもない。どんなに苦しい死に方をしても、遺影にはそんな影はいっさい現れない。

「ちょっとあんた、待ちなよ」

焼香に並んでいると、受付にいた女性が自分のことを呼んでいることに気づいた。

「私ですか？」

「ペンギンファイナンスってサラ金の会社だろ」

「いや……」

「とぼけたってわかってるんだよ。こんなところに紛れ込んで、どんだけお兄ちゃんが苦しんでたか、あんたわかってるんだろうね」

「私が直接担当していたわけではなくてですね……」

会場の参列者の目が気になって、美月は声をひそめた。

「誰が担当してたって関係ないんだよ。支店長代理っていうからには、あんたの指示なんだろ。毎日夜遅くまで取り立ての電話してきてさ、最後には頭おかしくなりそうだったんだよ。あんたたちが殺したようなもんだからね」

「もしご連絡していたとすれば、あくまでも融資させていただいた資金の返済期日を守っていただきたい旨の連絡だと思いますが」

ペンギンファイナンスの社内ルールでは何回も催促の電話をすることはできないが、興奮した相手のいい分を否定できるような雰囲気ではなかった。

「連絡していたとすればじゃないんだよ。嫌がらせみたいに、じゃんじゃん電話してきてたんだよ」

「そうですか……」

女性の声が徐々に大きくなるにしたがって、美月を取り巻く人数が増えてきた。

「こんなところにのこのこ出てきて、何だっていうんだよ。保険金が出ないかたしかめようっていうのかい?」

「そういうわけではございません」

「この期に及んで、取立てしようっていうのかい？」

「弊社のお客様ですので、せめて挨拶だけでもと思いまして」

「何が挨拶だよ。あんたたちの顔なんて見たくないって、いわれなくてもわかるだろうが」

「すみません」

「帰れよ。あんたがいるだけで、兄ちゃんが成仏できないよ。帰っておくれよ」

「もう二度と顔を見せるんじゃねえぞ」

周囲の人たちが騒ぎはじめると、美月は逃げるように門を出た。

形式的な挨拶だけにしておいたほうがいいよ。小笠原伸江はこうなることを想定して助言していたのだろうか。何をいっても通じるような雰囲気ではない。今後の手続きについてもあらためて説明しなければならないと思うと、気が重かった。

田村美月は宮原駅まで戻ると、駅前にある喫茶店の看板が目に入った。どうにも気持ちがむしゃくしゃして、甘いものを思いきり食べたかった。

契約社員やコールセンターのスタッフとの関係はいまひとつぎこちないし、むずかしい顧客ばかりで、営業成績もパッとしない。自分が来た意味は何なのだろうか。そう思うと、何ひとつ満足にできていない現実に嫌気がした。

「ちょっと」

「はい？」

「あんた、さっき葬式を追い出された人だよね」

ちょうど喫茶店に入ろうとしていたときだった。小柄なおばさんが美月を見ていた。

女性の顔は記憶になかったが、喪服姿に葬式の会場から追いかけてきたことがわかると、自然と警戒してしまった。

「そうですけど……」

「あんなことといって申し訳なかったけど、悪いと思わないでな。あの子は死んだ富永さんの妹なんだけどさ、いきなりのことでどこに怒りをぶつければいいかわからないんだよ」

「つらいお気持ちはわかります」

「両親が若い頃に亡くなってあの二人で頑張ってやってきたけどさ、ずっと仲違いしててほとんど話もしてなかったんだよ。それでこの騒ぎだろ。借金取りのせいだっていいたくなる気持ちもわかってやってほしいんだよ」

「はあ……」

「仏さまがお金にだらしなかったことは、私だって知ってるよ。親戚の私のところにもしょっちゅう金の無心に来ては、欲しいものが手に入ると挨拶すらしてこなくなるんだから。でもまさか死んじゃうとはね。一人だけ楽な道に逃げちゃうようなもんでさ、あの子からしてもどうすればいいかわからないんだよ。とにかくこれで甘いものでも食べて元気を出してよ」

美月が手渡された千円札を押し返す間もなく、おばさんは来た道を戻っていった。

美月は看板に出ていたショートケーキと紅茶をオーダーすると、手もとにある千円札をじっと見た。

この金は九〇万円を貸していたにもかかわらず、返してもらえなくなったことへの迷惑料と考えればいいのだろうか。それとも行きたくもない葬式で嫌な思いをしたことへの慰謝料だろうか。

この場で使ってしまいたかったが、そんなことはできるはずがない。会社に通す手続きの面倒さを思うと、なかったことにしてほしかった。

美月はケーキを食べると、久しぶりに奥沢卓馬と話がしたくなった。先週の水曜日に話して以来、電話もしてくれない。

週末は何かと予定を入れる性格なので、友だちと外出しているかもしれない。留守電かと思って切ろうとすると、卓馬の声が聞こえてきた。

「もしもし、私だけど」

「美月？　元気か？　どうしたんだ、まだ大宮か？」

「相変わらずね。今日も仕事で、客先を出てきたところなの」

「日曜日も仕事かよ。信じられないなあ。週末も出ないと怒られるのか？」

「べつに怒られたくないから働いてるわけじゃないけど、平日だけじゃどうしても仕事が終わらないのよ」

「美月らしくないな。そんなに大変なのか？」

「いきなり仕事が入ってくるからね。今日なんてお客さんの葬式でね。金が回らなくて、首つっちゃったのよ」

「自殺したっていう客だろ？　聞いてるよ。あれはまずいんじゃないか？」

「えっ？」

「保険が利けば自殺されても回収は問題ないけど、あの客は貸し倒れだろ？　事務の手間ばっかりかかってくたびれ損だから、そんなの関わらないほうがいいぞ」

「わかるけど、何もしないわけにもいかないのよ。挨拶に行けば家族には冷たくされるし、会場の人には追い出されるし……」

「何だか美月、変わったな。そんなことといってたら、戻って来れないぞ。俺からは平井部長にアピールしてるけど、大宮駅前支店でどれだけ数字ができるかにかかってるっていわれてるよ。葬式で何をいわれたか知らないけど、本社に戻りたいなら、そんなの気にしないでどんどんノルマを達成しろよ。契約社員なんて、自分たちのことしか考えないんだろ。会社の将来を考えて仕事できるのは美月くらいなんだからさ」

「……………」

「ごめん、今ゴルフに来てて、話してる時間がないんだよ」

「珍しいね、ゴルフなんて」

「美月がいなくなって、週末に時間ができたからはじめてみようと思ってさ。回るのは今日がはじめてなんだ。会社の人たちと来てるから、しっかり教えてもらうつもりだよ」

「会社の人？」

「平井部長も一緒だよ。美月のことはきちんといっておくから、安心しろよ」

卓馬に一方的に電話を切られると、美月はしばらくスマホの画面を眺めていた。

来週末は会えないかな。準備してきた言葉をいう余裕もなかった。自分が変わったのか？　そうかもしれない。こんな経験をして変わらなかったらおかしいだろう。

しかし、卓馬も同じように変わりつつあった。平井部長とゴルフに行くなんて想像もしていなかっただけに、彼の存在が遠く感じられた。


美月は宮原駅前の喫茶店を出ると、大宮で東武線に乗り換えて、先日訪問したパン屋に向かった。示談書を早めに受け取って、本社に送らなければならない。

三木田俊文はいないが、自分だけでも何とかなるだろう。葬式での失態を取り返したいという思いもあった。

のどかな日曜日の午後だった。駅を出るとコンビニの前で、サッカーのユニフォーム姿の小学生がジュースを飲みながら話をしていた。試合の帰りだろうか。真っ黒に焼けた顔で会話に夢中になっている。

美月は、小学生が遊んでいる姿を見るのが好きだった。目の前の時間を全力で好きなことに使おうとしている姿は、石ころを蹴って歩いている姿までもが愛おしく思える。

遠回りをして商店街を歩くと、祭りの準備をしているのか、何人かが通りに飾りをつけていた。

美月が松本ベーカリーに入ろうとすると、道端で遊んでいる男の子と目が合った。

「ここのお店の子かな？」

ふと気づいたときには、言葉が口をついていた。

「そうだけど」

「お父さん、なかにいる?」

「いるよ」

小学校に入る前くらいの歳だから、二人目の男の子だろうか。右手にミニカーを持っている。店の隣が空地になっていて、そこで走らせているようだった。

「友だちと遊ばないの?」

「みんなゲームやってるから」

「君は、ゲームはしないの?」

「テレビゲームはダメだって。お父さんに怒られるから、外で遊んでるの」

「そうか、偉いんだね」

「べつに。お兄ちゃんみたいに、ゲームは好きじゃないし」

「ゲームばっかりやってたら私みたいに目が悪くなっちゃうから、あんまりやらないほうがいいわよ」

美月はメガネをとると、手にかざして笑った。

「借金取りの人?」

「えっ?」

「お父さんの借金を返してもらいに来たんじゃないの?」

「お父さんに話があってきただけよ」

「そうなの？　じゃあ、さっきの人たちとは違う？」

「ほかの人も来たの？」

男の子はうなずいた。複数の消費者金融会社に手を出しているのだろう。松本の態度にしびれを切らせて、直接交渉に来たことが推測できた。

「怖かった？」

「怖くはなかったけど、外に出てろっていわれた」

「だから、ここで遊んでるのね」

「お父さん、お金の話をすると、怖くなるからやめてね」

「大丈夫よ。お父さんとお金の話はしない。約束ね」

美月は男の子と指切りをした。これでこの子が、美月のせいで八つ当たりされることもなくなるのだろう。そう思うと少しは気が楽になった。

「すみませーん」

店に入ると、松本から声がかかるまえに美月が大きな声で挨拶した。

「今度は何だよ」

松本純一は美月の顔を見ると、不審なものを見るような目をした。喪服を着ていることに、違和感を持ったのだろうか。

「ペンギンファイナンスの田村です。先日、三木田と一緒に挨拶させていただいたのを憶えていらっしゃいますか？」

「この前の片割れだろ」

「すみません。約束はいただいていないのですが、近くに来たので寄ってみました」

「そんなに来てもらったって、返せる金はないよ」

「それはわかってます。今日はこの前お願いした書類の件でお伺いしました。もう用意はできてますか?」

「ないよ」

「ない?」

「持ってないって」

「書類をなくされたのですか?」

「なくしたんじゃねえ、捨てたんだよ。金もないのにあんなもの書けるわけねえだろ」

「そういわれましても、あれを出していただかないと、今後お取引することができなくなってしまいます」

「だからもういいっていってるだろ。好きにしてくれよ」

松本が工場に戻ろうとしたのを、美月が慌てて押しとどめた。

「ちょっと待ってください。そんなわけにはいかないじゃないですか。松本さんはまだお子さんも小さいし、長い目で生活設計をしていかなきゃいけないですよね。私も実家が和菓子屋だったもので、商売のむずかしさはわかっているつもりです。今は順調でも変な噂が立てばすぐにお客さんは逃げてしまいますし、今の調子がずっと続く保証はどこにもありません」

「あんた、俺を脅そうっていうのか？」

「そんなつもりはありません。私だってただ雇われている身です。変な話ですが、数百万円の融資を回収したところで、どうなるものでもありません。私はただ、松本さんの人生で、なんていう言い方はおこがましいですが、どうすればお役にたてるか考えてみたいのです」

「役に立ちたいっていうなら、貸したものを返してほしいなんていわないことだな」

「それは私たちの商売上、口が裂けてもいえません。パン屋さんがただでパンを配ることができないのと同じです」

「何がいいてえんだよ。俺だって忙しいんだ」

「回りくどくてすみません。松本さんも、最初はこのパン屋さんを維持していくためにお金を借りようとしたんじゃないですか？　でも借金が増えてくると、だんだん貸してくれるところも少なくなってきます。借金を返すために新しい借金をして、いつの間にか、何のために頑張ってるかわからなくなってしまう。そんなのおかしいと思うんです」

「おかしいって、お前がいうなよ」

「すみません。でもこれだけはいわせてください。お金を借りようとしたのは、死ぬためじゃないですよね。生きていくためじゃないですか。私たちのせいで、そんなことを忘れてしまっているのであれば謝ります。だから夢を追いかけるためにも、あの書類は出してください。それだけです」

松本はタバコを取り出そうとしたが、店のなかということに気がついてすぐにしまった。

「ここにいたってしょうがねえ。こっちに来いよ」

「お邪魔します」

美月は松本の背中を見ながら、今までの会話で何が足りないか考えてみたが、緊張して頭がうまく働かなかった。

「おネエちゃんさ、パン屋になるってどんな気持ちかわかるか？」

「パン屋さんですか？」

「そうだ。俺みたいな町のパン屋だよ。パンが好きで、食べたくてなるなんて思ってるわけじゃねえよな。もちろん親の仕事を継ぐような、理由のあるパン屋も世のなかにはあるよ。俺がいってるのはそういうことじゃねえ。どの商店街にもくっついてるような、何の特徴もないパン屋だ。俺がそんなパン屋になったのに理由なんかねえ。ほかに何にもなれなかったからなったんだよ」

松本は椅子に座ると、タバコに火を点けた。

「昔はこんなんじゃなかったんだぜ。俺だって一流とはいえねえけど、それなりに名前の通った会社で働いてた。あんたみたいにスーツを着てさ、偉そうに週末は休んでたよ」

「べつに偉そうになんかしていません」

「わかってるよ。でも何がしか、世のなかに対して胸を張って生きてるような気がしてた。堂々っていうんだろうな。でもお宅みたいなスマートな会社じゃねえから、嫌な上司がいてさ。ねちねちいじめられてぶん殴っちまったんだよ。それからは何やっても長続きしなくてさ。たどりついたのがこの商売だったんだ」

「知り合いでもいらっしゃったんですか?」

「いるわけねえだろ。自分で探したんだよ。あるときパチンコですって何もすることがなかったときに、ふと前を通りかかったのがオープンしたてのパン屋だったんだよ。青いテントがまぶしくてさ。ガラス張りで店のなかに高い帽子をかぶった店長がいて、本当に輝いてたような気がするよ。客が次から次へと入っていくのが不思議でな。俺まで引き込まれるように入ってから、開店したばかりのパン屋だっていうことがわかった。何よりも驚いたのが、みんな楽しそうに笑ってたことだよ。パチンコと競馬とコンビニくらいしか行かない生活をしてたもんだからそんな風景が驚きでさ、こんな仕事があるのかって思ったよ。チーズパンとアンドーナツを買って帰ったんだ。何でもないパンなのに家で食べたらおいしくて、翌日何も考えずに俺も働かせてくれっていいに行ったよ」

「それがきっかけですか?」

「パン屋との出会いだ。でもこの匂いがくせものなんだよ。芳ばしい匂いだろ。これが一週間もたつと苦痛になってくる。パン屋は鼻が鈍感でなきゃ務まらないんじゃないかって思うくらいだ。とくにひどいのが油の匂いだよ。揚げものの匂いは強烈だ。カレーパンは辛みがあるからまだいい。最悪なのはアンドーナツだよ。甘いうえに油の匂いが、何重にマスクをしたって浸みてくる。それなりに人気あるし、商品だから俺もしかたなく作ってるが、これは絶対に自分で作るべきものじゃない。二度と食べたくなくなったね。そんなパンができあがってくるのを見るたびに、俺は何やってるんだって思ってたよ」

「立派なことじゃないですか。ご自身のお店を持って、一家を養って、簡単にできることではありません」

「べつに好きでやってるわけじゃないけどよ、こんな仕事でもなくなったら、どうやって生きていけばいいのかわからねえじゃねえか。そう思って続けてるだけだよ。練り上がったパンがベルトに乗って運ばれてくるのを、一つひとつ引っくり返す仕事を半日でもやってみろよ。脳みそなんて溶けてくるよ。でもそんな仕事しか俺にはねえんだ。そう思って生きてるのは、立派でも何でもねえだろ」

「そんなことないですよ。少なくともお子さんたちは、松本さんを尊敬しているはずです。前にさえ進んでいれば、きっと何かありますから。そのお手伝いをさせていただきたいんです。だから書類だけは書いてください」

松本は何かいいたそうにしていたが、同時に電話が鳴ったので聞けずじまいだった。どうやら美月と同業のようだった。

督促の電話なのだろう。もっと残って話をしてもよかったが、このままいるとあの子との約束が守れなくなるような気がして、美月はお辞儀をすると、店から出ていった。

美月は支店に戻ると、今日行った二件の渉外メモを日報に打ち込んだ。どちらも何も報告すべきことはなかった。

自殺した富永の家族には死亡証明書を提出してもらわなければならないし、債務の解消を示す手続きも進めなければならない。交渉相手によってはこじれる可能性もある。

松本のほうも、すぐにでも書類を再送して早めに提出してもらう必要があった。明日までというのは間に合わないだろうが、本社がいつまで待ってくれるか。

訪問したうえで相手に動きがないことがわかれば、一、二ヵ月の猶予期間を経たうえで通常は契約上の手続きに移る。そうなると担当者レベルの問題ではなくなってしまう。

会社からすると顧客の信用力に応じて金を貸しているだけだが、顧客の側にもいろいろな事情があることに今さらながら気づかされる。

いずれもたまたま担当になったことで発生している問題で、未然に防ぐことはできなかったといえるが、本社からすれば関係ない。監督する立場にいる美月の責任だ。

会社の仕組みが煩わしく思える一方で、自分なりのこだわりが生じているのも事実だった。どの顧客も自分の店の担当である以上は、悪いようにしたくない。そう考えるようになったのは、今までとの大きな違いだった。

ひと通り日報を入力すると、倉庫を確認した。ティッシュ配りをはじめてから、支店内が整理されていないことが気になっていた。

もともと美月もきれい好きなほうではないが、整理のいい加減さは目に余るものがある。キャビネットに残っていた北山の私物も、今まで誰も気づかなかったのがおかしいくらいだ。おそらく会社に関心がないのだろう。まずはそんなところから改善すべきだと思った。

倉庫のなかの粗品を種類ごとに段ボールにわけていると、お腹の音が気になってきた。気がつけば昼食をとる余裕もないまま、夕方六時になっていた。

近くのファミレスで夕食でもとろうとエレベーターに乗ると、二階で見覚えのある顔が入ってきた。

「大変ですね、今日も仕事ですか?」

挨拶されてすぐにわからなかったのは、見慣れたスーツ姿ではなかったからだろうか。

「竹見です。ティッシュ配りの」

エレベーターの案内板で太陽ファイナンスの部分を指さすと、恥ずかしそうに笑顔を見せた。

「あの支店長さんですか? 失礼しました」

「そんな、やめてくださいよ」

慌てて反応したので、思わず声が大きくなってしまった。竹見が頭を下げる美月を止めるような素振りをすると、エレベーターのドアが開いて一階に着いたことがわかった。

「今日もお仕事なんですか?」

「いや、私はたまたま用事があって、立ち寄っただけです。平日だとなかなかできない雑用が多くて……」

「ぼくも同じです。派遣スタッフに任せられる仕事も限られてますからね」

「御社も社員は少ないんですか?」

「うちの支店ではぼくだけです。今は会社中、経費削減で大騒ぎですから。どこでも同じなんじゃないですかね。休日出勤だってほとんど毎週です。いちばん割に合わないのが、ぼくらかもしれないですね」

働いている雰囲気から、美月が管理職だということはわかっていたのだろう。

美月が気になったのは、竹見の年齢だった。印象より年上かもしれない。ティッシュ配りのときは髪型もきれいにしているが、休日ということもあって、近くで見ると髭や顔のしわが目立った。

「お帰りですか?」

「いえ、ちょっとお腹がすいたものですから、外でご飯でも食べようかと思いまして」

「偶然だな。ぼくも早めに食事しちゃおうと思ってたんです。夕食時だとどこも混むじゃないですか?」

「まだ仕事されるんですか?」

「もう少しやっちゃおうかと思って。何だったら、一緒にどうですか?」

「そうしましょうか」

美月が自然に誘いを受けることができたのは、お互いの境遇が似ていたからだ。

美月は名刺を差し出して挨拶すると、商店街を駅に向かって歩く竹見の横に並んだ。支店の運営について、何か参考になるかもしれない。

本社にばれたらどんな苦言を呈されるかわからないが、少しでも支店の運営を改善させるためのアドバイスが欲しかった。

竹見が向かったのは、通りの向かいにある和食のチェーン店だった。待たされないのでよく利用するのだという。山菜そばにノンアルコールビールを頼んだ竹見を見て、美月は焼き魚定食を頼んだ。

「食欲があっていいですね。ぼくなんて、疲れてて食べるのがやっとです」

「食べることくらいでしか、ストレスが発散できないんですよ」

「ご家族はいらっしゃらないんですか?」

「独身です。会社からすれば、私みたいなのがいちばん使いやすいのかもしれないですね」

「休みが取れないのは、家族持ちにはきついですよ。朝早いし夜遅いし。ぼくは子どもがいないからいいけど、お子さんがいても、みなさんほとんど会えないんじゃないですか?」

「そうみたいですね。こちらの勤務は長いんですか?」

「もう五年になります。その前もずっと営業ですから、場所が変わるだけでやってることはいつも一緒なんです」

「入社されてからずっとですか?」

「ええ、もうすぐ四〇歳になりますけど、支店営業一筋です。といっても、つらいことばっかりじゃないですから、そんな哀れんだ顔しないでくださいよ」

「すみません、そんなつもりじゃないんですけど……」

美月は慌てて笑顔を作ったが、ひきつった顔になっていたかもしれない。

頼んだ食事がちょうどよく運ばれて来たので、店員に助けられた気がした。

「はじめての支店勤務ですか？」

「はい。先週来たばかりです」

「それは大変だ。最初の三ヵ月がいちばんきついかもしれないな。この仕事は簡単なようでいて、特殊な能力が求められますからね。スタッフをまとめていくのだって一筋縄ではいかない。彼らもいろんな人生を歩んでますから」

「そうなんです。どうすればいいのか、わからないことばかりで」

「北山さんも苦労されてたみたいですね」

美月は箸を止めた。

「何か聞いてますか？」

「私も何度か挨拶したくらいでしたけど、どんどんやつれていくようで見てるこっちがやりきれなかったですよ。こんなことといっては何ですけど、張り切り過ぎたのかもしれないですね。支店内を相当締めつけていたみたいです」

「そうですか」

「いつも怒鳴ってたみたいですから、本人も相当つらかったんじゃないかと思います。ぼくもそうですけど、自分でやっちゃうのがいちばん楽ですからね。スタッフのためだと考えて注意しても、こっちの思いが伝わらないから、どうしても締めつけてしまう。この仕事のむずかしさはそんなところにあるんだと思います」

「よくわかります」

実感のこもった言い方に、美月は竹見に同じ業界の人間を感じた。

「彼らとうまくやらないと、営業店の運営が成り立つわけがないんですよ」

「御社もそうなんですね？」

「そりゃそうですよ。毎朝ティッシュ配りするにも、スタッフの反発を抑えるのが大変なんです。五分でも自分の時間を取られるのを嫌がる人ばかりですからね。仲良くやってるように見えましたか？」

美月がうなずくと、竹見は苦笑いして続けた。

「それは良かった。普段の苦労がやっと実ったのかもしれないな。こんな話をして不思議に思うかもしれないですけど、この仕事の厳しさもやりがいも、部下がいうことを聞かないところにあるんじゃないかと思うんです。バラバラの人生を歩んできた連中が、同じ方向を見て一緒に仕事をする。これって実は、ものすごく不自然なことですよね。最近は、自分には子どもはいませんけど、考えてみればあの子たちが私の子どもみたいなものかもしれないなって思うようにしています」

そこまで話してから、ようやく竹見はそばに箸をつけた。美月は、そんな竹見の姿をぼんやり眺めていた。


食事が終わると、美月はもう一度支店に戻った。倉庫の粗品整理を続けながら、頭のなかを占めていたのは北山日出夫のことだった。

北山は、どんな思いでこの仕事をしていたのだろうか。本気で支店を良くしたかったのか。それとも将来へのステップとして、しかたなく時間を過ごしていたのか。

美月が知っている北山は、強いリーダーシップを持った豪快な男だった。何かにつけて打ち上げに行こうと後輩を誘い、飲みながら仕事の話をする。

同じ時間をともに過ごすことで関係を強めていく、昔ながらのスタイルの上司だった。少し強引とも思えるやり方で仲間を巻き込んでいくのが、人によっては合わなかったのかもしれない。気になったのは、支店のスタッフとの間で軋轢が生じていた点だった。中心になるとすれば江口だろうが、今までどんなやり取りがあったのか。

北山がうつ病になるほどの対立というのがなかなかイメージできず、美月は携帯の着信に気づくのが遅れてしまった。

「代理さん?」

「どうしたの?」

雄次の声に違和感を覚えなかったのは、昨日も会っていたからだ。

「お礼をいいたいと思ってさ」

「何のお礼?」

「昨日の十和子の件だよ。変なこと頼んじゃって悪かったな」

「べつにあんなの頼まれたうちに入らないわよ。ただ彼女を追いかけて走っただけだから。彼女は足が速いわね。私も遅いほうじゃないと思ってたけど、運動なんて長いことしてなかったから、心臓が破裂するかと思ったわよ」

「無事だったみたいだな」

「その後は問題ないの？」

「問題ないわけじゃないけど、公演に向けて必死で準備してるよ。セットの修理をしなくちゃいけないし、場合によってはストーリーも変えることになるかもしれない」

「十和子ちゃんは大丈夫？」

「こんなこともはじめての経験じゃないから、しっかりやってくれると思う」

「今まで自分はあらゆるミスをしたけど、今回は仲本君が味方になってくれそうにないって落ち込んでたわよ」

「あいつがそんなことといったのか？」

「まあな」

「セリフを忘れるなんてよくある話なんでしょ？」

「ほかの役者さんにフォローしてもらったことが、何回かあるっていってたわ」

「そんなこともあったな」

「着替えが間に合わなかったり、自分が出るはずのない場面で出ちゃったり。スニーカーじゃなきゃいけないところにハイヒールを履いて出たこともあるって」

「何だそれ？　俺も知らなかったぞ」

「何が起きるかわからないのが楽しいんだって」

「楽しいだけじゃなくて、少しは成長して欲しいんだけどな」

「明日からも早く帰っていいわよ」

「何だよ、いきなり」

「早退したいんじゃないの？　本番直前で時間がないんでしょ」

「そういってもらえるとうれしいけど、だから電話したわけじゃないんだぜ」

「わかってるわよ。いいもの作ってよ。魂が震え上がるような芝居をね」

「プレッシャーになるこというなよ」

「プレッシャーに強いんでしょ。あれだけのファンが楽しみにしてるんだから。いいもの作らなきゃ、応援する意味がなくなるわよ」

「広報が頑張れることなんてそんなに多くないけど、最後の最後までチケットを売りさばいて、劇場を満員にしてみせるしかないな」

雄次が、話しながら照れ笑いを浮かべているのが見えるようだった。美月は電話を切ってから、はじめて雄次に感謝の気持ちを伝えられたような気がした。

第六章　九月一三日（月）

月曜日に休むスタッフが多いのは、週末気分が抜けきらないからだろうか。業務開始直前に休みたいという連絡が来ることが、支店長が替わってから増えるようになった。

この日もマーケティング課の石本希美から休みの連絡が入ったのは、朝会の直前だった。チームリーダーの増山の携帯にメッセージが入っただけらしい。

こんな状態が通常の会社では認められないことは何となくわかっていたが、支店のスタッフで指摘するような者はいない。いつの間にか緩くなった支店の運営を、手放したくないという雰囲気が広がっている。

いつも会社に着くのが業務開始直前になる雄次が早めに出社したのは、加藤康之の件が気になったからだ。

先週電話したときには、本人と話すことができなかった。会社に在籍しているのは間違いないようだが、何となく嫌な予感が頭を離れなかった。

「今日もお休みをいただいてるんですよ」

鶴見総合システムに電話すると、先週とはべつのスタッフが説明してくれた。年配の女性で、個人情報の意識が高くないのだろう。少しだけ突っ込んでみることにした。

「体調不良ですか？」

「そんな話は聞いていないんですけど、最近休みがちだったものですから、どうしたんでしょうね」

「何時くらいだと会社にいらっしゃいますか？」

「たいてい内勤だから、お昼以外は席にいたような気がしますけどね。もともとあんまり目立つ子じゃないから、よく憶えてないですね」

会社に行かなくなり、携帯にも連絡が取れなくなるのはよくない兆候だ。たいていは金が必要な理由があり、何かに悩んで金を借りに来る。悩みの種さえつかんでおけば、いつか資金を回収できるという安心感があるが、今回はそれがない。

雄次は留守電を残そうともう一度携帯に電話すると、はじめて反応があった。

「あ、もしもし」

眠そうな声だ。声からすると、三五歳という年齢よりやや若めの印象がある。予想外に警戒感のない男の声に、肩の力が抜けていくような気がした。

「何度も申し訳ございません、加藤さまの携帯電話でよろしいでしょうか」

「そうですけど」

「ペンギンファイナンスの仲本と申します。融資のご返済について、何点か確認したい点がございまして、連絡させていただきました」

「ユウシですか?」

「加藤様の借入金である二〇〇万円につきましては、先週末までに一部返済いただく予定になっているはずですが」

「二〇〇万円? すみませんけど、この電話って自分宛てになってます?」

「間違いないです。証明書も申込書も提出いただいております」

「そんなのはじめて聞きましたけど。ペンギンファイナンスって何の会社なんですか?」

「お忘れですか? 六月十日に、大宮駅前のパチンコ屋さんの隣の無人契約機で、融資の申し込みをされているはずです。二〇〇万円を年率一五%で、三年間の契約になっています」

「人違いじゃないですか?」

「やめてくださいよ。こっちにはそのとき提出してもらった書類もありますし、この電話も登録していただいた連絡先にしてるんですから」

「自分が申し込んだっていう証拠があるんですか? いきなり電話してきてわけわかんないんですけど」

「証拠ときましたか。そうですか、証拠が必要ですか。自分でつくった借金をお忘れですか。結構なご身分ですね。借りたものが見込み違いで返せなくなるっていう人は、いなくはないですよ。でもあなたみたいに借りた覚えがないっていうのは、はじめてのケースですね」

「何なんですか。いきなり知らない人間に電話してきて、金返せっていうなら証拠を見せろっていってるだけじゃないですか? そっちこそ新手の詐欺かなんかじゃないですか?」

「はいはい、わかりました。証拠ですね。じゃあ、ビデオと照らし合わせてみましょうか。お客さんみたいな人がいるんで、ビデオ撮影が必要なんですよね。こんなものいらない社会に早くならないですかね」

雄次は契約時の無人契約機の映像を再生すると、登録された申込書と比べてみた。

健康保険証にも申込書にも写真はないが、一目見ただけでモニターの男性に対して違和感が生じた。

無人契約機には通常、ブースの入り口と店内、契約機前の三ヵ所にカメラが設置してある。あらゆる行動から不審な動きがないかチェックするためで、トラブルになるような人はたいてい申し込むときから落ち着きがないというのが、雄次の今までの経験則だった。

映像の男は、携帯電話を持って誰かと会話しながら契約機に向かって操作をしていた。まず疑わしいのは年齢だ。書類では三五歳となっていたが、男はどう見ても二〇代半ばだった。

外見も会社員の雰囲気とは程遠かった。身長は一八〇センチ近いだろうか。

ラグビーでもやっていそうな大きな身体で、ぺったりとした髪の毛と大きなわし鼻が特徴的だった。落ち着きがなく、必要以上に店内を見回していた。

「ちょっと待っててね」

口調を優しくすると、電話を保留にして、雄次はもう一度映像を確認した。

無人契約機で審査をするときには、帽子やサングラスはしないよう要請されている。その点での違反はないが、典型的な怪しい動きに気づかなかったことは、どうにもいい逃れできないような気がする。

「やべえな」

とっさに口から陳腐な言葉が出たのは、本人確認もせずに融資しているのが明らかだったからだ。本当の借り手は、モニターに映っている男だ。

だとすると、今話している相手は、利用された証明書の持ち主だろうか。少なくともその点だけは確認しておいたほうがいい気がして、保留を解除した。

「加藤さんね。あなた無人契約機なんて知らないっていいましたけど、本当に行ってませんか？」

「知らないっていってるでしょ」

「念のため、生年月日と住所と連絡先を教えてもらえますか？」

「何なんだよ。生まれは……」

顧客データに間違いはない。とすると、加藤康之から本人確認書類を盗んだ人間がデータを悪用し、申し込んだのを会社が見抜けなかったことになる。

本社に問い合わせるほうが先と判断して、雄次は電話を置くことにした。

「調査にもう少し時間がかかりますから、わかり次第ご連絡させていただきます」

「いいけど、こっちだって忙しいんだから、あんまり時間かけないでよ。それと、もう辞めたから、会社に電話したってムダだよ」

「わかりました。こちらの携帯電話に連絡させていただきます」

雄次は電話を切ると、あらためて顧客ファイルを確認した。

「何だよこれ」

「どうしたの？」

「成りすましだよ。赤の他人が借りてやがる」

雄次の声を、スタッフが取り囲んだ。

申込書の内容に虚偽が含まれていることはよくある話だ。誰でも好条件で借りたいと思うし、条件が変わらないとしても、他人からはよく見られたい。

しかし、申請者がなり代わっているというのははじめてのケースだった。

「何の変装もなしに借りに来るなんて、なかなかの度胸ですね」

「しかもけっこう色男じゃない」

「俺たちもなめられたもんだな。審査してないって思ってるのかね」

「現に、二〇〇万円もあっさり借りちゃってるんですよね」

「こんな人に普通に貸し付けるなんて、この担当者、どんだけ目が悪いのかしらね」

小笠原伸江のいうとおり、どう見ても金融詐欺の手口だった。堂々と二〇〇万円をかっさらう姿に、清々しささすら感じられた。

「本社に報告した？」

「今わかったばかりなんで、すぐに話してみます」

雄次は、審査部に電話しながら美月の顔をうかがった。真っ青になっている。

こんなとき、本社にどういわれるのだろうか。さすがに成りすましはいい逃れできないだろうという思いがある一方で、すべての責任を取らされる社員がかわいそうに思えてきた。

本社の反応は素っ気なかった。借入れの際の記録をチェックするので、支店でも担当者に経緯を確認しておいて欲しいという。電話を切る瞬間に、ため息が聞こえたのはわざとだろうか。

「確認するそうですが、メチャクチャ感じ悪かったですね」

「そりゃ、そうだな。こういうのを見逃さないために、カメラで確認してるんだから。でも誰がチェックしたんだろうな」

江口の言葉は、全員が頭のなかに描いていたものだった。

もう三ヵ月も前の話だ。新規の融資が欲しくて、チェックが甘くなった可能性は否定できない。そう思ってみんなが記憶を洗っているのがうかがえた。

雄次の頭に真っ先に浮かんだのは、小笠原だった。新規融資の件数がいちばん多いが、ミスも少なくない。

女性の顧客となるとプライベートまで探ろうとするが、男性顧客の処理は機械的だ。ただ先ほどの騒ぎ方には、自分ではないという確信のようなものが感じられた。

次にありうるのが三木田だろう。経験も浅いうえに、気分にムラがある。関心がないと仕事がいい加減になるのはよくある話だが、さすがにモニターを通じての本人確認には緊張感を持って取り組むはずだ。

となると江口か。誰よりも経験が長くミスも少ないが、だからこそいい出せないという可能性もある。美月はまだ本社にいたので、この件は無関係だ。

「ひとまず結果を待つしかねえか」

江口の言葉で席に戻ったが、しばらく仕事が手につかなかった。


「小笠原さん、昼食どうしますか?」

雄次が前の席に声をかけたのは、本社からの返事が遅くなりそうという連絡があったからだった。別件で人員を取られており、なかなか調査に入れないという。

「二人で行く?」

小笠原の問いにうなずいて席を立つ瞬間、三木田と目が合ったような気がした。

「私、行ってみたかったお店があるのよ」

「どこですか?」

「高島屋の裏手にある天ぷら屋さんなんだけど、そこでもいい?」

「いいですけど、そんなお店どこで見つけるんですか?」

「ちょっと前に雑誌に載って有名になったんだけど、今ならひと頃より入りやすいんじゃないかと思ったの」

「トレンドもチェックして、さすがトップセールスですね」

「天ぷらって面倒だからわざわざ家で作らないのよ。ランチで美味しいのを食べたほうが、結局は安上がりだから」

階段を下りながら話している姿を見ていると、小笠原はいつも楽しそうだと思う。もっと上手に生きるという方法を知っていれば、こんな会社にいないのではないか。

花屋の前に並んでいるコスモスに一瞬立ち止まった小笠原に続いて、雄次はのれんをくぐった。

「今月はちょっと飛ばし過ぎじゃないですか?」

「やっぱり、その話じゃないかと思ったのよ」

刺身付きの天ぷら定食を頼むと、小笠原はお手拭きのビニールを破りながら雄次を見た。

「わかってたら、変なこと考えないでくださいよ」

「べつにいいじゃない、調子いいときくらい飛ばしたって。こんなことあんまりないんだから」

「目立つんですよ。そういうことをするから、三木田がついてこれなくなっちゃってるじゃないですか」

「あの子はとろいのよ。もうちょっとセンスがあればいいんだけど、採用ミスなんじゃない?」

「今までみんなで助け合ってきたんですから、そんなこといわないでくださいよ」

「辞めたいとかいってるの?」

「今月は少し手伝ってほしいといってきました」

そこまでいったところで食事が来たので、雄次は湯飲み茶碗をずらしてスペースを作った。

もう何年も続けている取り決めだった。営業成績が均衡するように、スタッフの間で契約件数を調整している。

江口は全体の統括という立場もあるので件数は控えめでいいが、小笠原と雄次、三木田の契約件数は、毎月大きな差が出ないようにやりくりしている。落ちこぼれを出さない代わりに、突出したスターも作らない。これが大宮駅前支店で生き残っていくための、契約社員間のルールだった。

しかし最近の小笠原の言動を見る限り、そんなルールは無視しているように思えた。

「こんな調整、いつまで続くのかなって思っちゃうのよね」

小笠原は、茄子の天ぷらの先に塩をつけると口に運んだ。

「今はいいかもしれないけど、小笠原さんだっていつまでこの調子が続くかわからないじゃないですか」

「そうだけど、何だか自分だけ割に合わないような気がするなあ」

「そんなことといって、今までどれだけみんなにサポートしてもらったと思ってるんですか。北山が来たばかりのときなんて、クビになりそうなのをみんなが助けてくれたんですよ。本社の人間と合うか合わないかで成績が大きく変わるなんて、わかりきってることじゃないですか」

「あのときの恩は忘れてませんよ。でも基本的には自分の実力で取り返したわけだし、あの子に今後お世話になるとは思えないから」

「将来のことなんてわからないでしょ」

「今回の件だって怪しいわよ」

「今回？」

「例の成りすまし事件よ。私、あの子が見落としてたんじゃないかって思ってるの」

「まさか」

「けっこうぼけっとしてることが多いし、お客さんに対する観察力が低いからね。ああいう客すら見抜けないくらい鈍感なのは、あんたも否定しないでしょ」

「俺だって、忙しければやってたかもしれませんから」

「まあ、そうなんだけどね。興奮しないで食べなさいよ」

指摘されてはじめて、雄次は箸を持ったまま料理に手をつけていないことに気づいた。

スタッフ全員で調整をしているため、大宮駅前支店の成績が大きく上昇することはない。いつもノルマを達成するのが精一杯で、それは前任の北山支店長が気に入らないところだった。

自分が昇格していくには、支店の成績を上げる必要があると考えたのだろう。スタッフに競争させようと全員に鞭を打ったことがあったが、誰もいうことを聞かなかった。

それ以来、江口の指示で、営業成績だけでなく支店の施策に至るまで、新しいことには何でも反対しようという約束ができあがった。

「とにかく今の生活を維持したいと思うなら、変な気持ちを起こさないでくださいよ」

「わかったわよ」

もうひとこと確認してから、雄次も食べはじめた。

昼食から戻ると、雄次は舞台係の高津三郎に電話するために屋上に向かった。冷蔵庫のことが気になって、午前中の進捗を確認しておきたかった。

「その後はどうですか?」

「なかなか進まないな。冷蔵庫ひとつ見つけるのも簡単じゃないね」

落胆した口調に、今までの徒労が想像できるようだった。

三郎はインターネットで売りものを探しながら、市内のリサイクルショップを回っていた。インターネットのオークションではいくつか候補が見つかったが、現物を確認しなければイメージが持てない。また配送に時間がかかって、本番に間に合わなくては意味がなかった。

一方でリサイクルショップには、最新式ではないという程度のものが半値で売られていても、芝居に使えそうなものはなかった。

「年代物のレトロな冷蔵庫が欲しいなんていうニーズは、この世のなかにはないのかもしれないな」

「便利なほうがいいですからね」

「高嶺さんにいっても、簡単にあきらめるなっていわれるだけだろうな。あの人は、妥協ありきで物ごとを進めるのが嫌いだから。まあ、もう少し探してみるよ」

「すみません」

雄次は頭を下げた。

三郎はおそらく、朝から冷蔵庫を探していたのだろう。劇団にいる限り、芝居とかかわりのないことに時間を費やすのは誰でも嫌なものだ。

しかも、どれだけ自分が正しいと思っても、高嶺が気に入らなければ進まない。三郎の気持ちがよくわかるだけに、やり切れなかった。

「仕事が終わったら俺もすぐに向かいますから、後で相談させてください」

雄次は、もう一度お辞儀して電話を切った。

「何だか深刻そうだな」

気づくと江口がタバコをくわえて、雄次の隣に立っていた。

「江口さん」

「聞いてたわけじゃないけど、お前の顔を見てると気になってな」

「劇団でトラブルがあって、その処理で手こずっちゃって」

「忙しいだろうけど、あの件はちゃんと見張ってろよ」

「成りすましですか？」

「気をつけねえと、代理さん、俺たちに責任を押しつけてきかねないからな」

「そんな余裕はなさそうでしたよ」

「だから怖いんだよ。あいつらはいつ、コロッと態度を変えるかわからねえ。最後は俺たち契約社員を切るだけだ」

「わかってますけど、江口さんも警戒しすぎなんじゃないですか。あの人を見てる限り、そんなことを本社にアピールしたそうに思えないですけど」

「いざとなったらわからねえよ。お前はあいつらに冷たくされた経験がないからな。今までどれだけのスタッフが責任をなすりつけられてきたか知ってれば、悠長なことはいえなくなるよ。

俺だって、何度悔しい思いをしてきたか」

江口は興奮した表情で、投げ捨てたタバコを足で踏んだ。

「無人契約機がそれほど多くはなかったころは、俺たちは対面営業で新規契約、新規融資に追いまくられてたんだ。社員の連中は昔から、同業他社だけじゃなくて、支店間で営業競争するのが当たり前だ。偉くなるためには、誰よりも稼がなくちゃいけねえ。けっきょく無理をさせられるのは俺たちだよ。やらなきゃ殺されるくらいの勢いで怒鳴られるからよ、俺たちだって自分の身を守るために必死だったよ。どうにか契約を増やすために、一人あたりの融資金額を増やそうとするんだ」

「そんなことできるんですか?」

「今みたいに年収制限がなかったからな。一〇〇万円の収入しかない顧客に二〇〇万円貸したこともある。条件は厳しくなるが、金がどうしても欲しい客にとっては、数パーセントの違いにたいした意味はねえ。返済できなくなるって覚悟して金を貸すようなもんだ。もちろんそんなことわかってたら、本社の審査が通るわけない。俺たちが顧客情報を勝手にいじって、大口融資ができるように操作するんだよ。年収を多めにするとか、家族構成を変更したりしてな」

江口は雄次の驚く表情を見ると、慌てて説明を加えた。

「もちろんそんなこと、ぜんぶ自分の判断でやったりしねえぞ。支店長の命令だよ。俺たちだってこんなことしてていいのかっていう思いもあったが、上司の命令は絶対だ。問題は顧客が金を返せなくなったときだよ。何年かたてば、支店長はたいていべつの店に異動してやがる。何でこんな融資したんだって責められるのはいつも俺たちだ。何人もそんなことで辞めさせられたよ」

「同じようなことが、起きるんじゃないかっていうことですか?」

「もちろん、ぜんぶあいつらが悪いなんていえねえし、俺たちがいい思いしてきたのも事実だ。契約が増えて収入が増えれば、うれしくないわけがねえよ。今でこそ支店の責任はすべて支店長がとるのが表向きのルールだが、本当のところは怪しいもんだ。数字できつくなると俺たちを叩こうとする姿勢は変わっちゃいねえ。本社の連中の発想が変わらない限り、俺はあいつらを信用できねえ。それだけは憶えておいてくれ」

江口は話し終わっても、しばらく興奮してその場を動こうとしなかった。


本社から連絡があったのは、夕方になってからだった。美月からブースに呼び出されるまで、雄次は督促の電話に集中する気になれなかった。

「外山さんだったわ。マーケティング課の」

名前を聞いただけでは、雄次は顔を思い出すことができなかった。

「審査担当者のことか?」

「本社の記録では彼女の名前が残っているらしいの。入社したばかりだったと思うけど、どんな子かわかる?」

「外山由美か」

雄次が確認するように名前を出すと、美月が人差し指を口に立てた。

「まだほかの人には、何もいってないの。背景がわからないから、調査も極秘で進めたいのよ」

「俺もよくわからないな。この前劇団の公開稽古には来てもらったけど、きちんと話したことはないよ。石本さんあたりなら知ってるかもしれないけど」

「彼女にも知らせていないわ。単純なミスなのか、裏があるのかいちおう調べる必要があると思ってね」

「まさか裏なんて、考え過ぎじゃないか？」

「私もそう思うわ。でも考えられないようなことがあった以上、念には念を入れたいの」

「だったら、本人だけじゃなくて、ほかの連中も調べたほうがいいんじゃないか？　べつのスタッフが関与してる可能性も否定できないだろ」

「考えたくないけど、その可能性もあるわね。支店内でこのことを知っているのは、私とあなただけよ。絶対にいわないでね」

雄次はうなずくと、腕を組んで頭のなかを整理してみた。外山由美の単純なミスという可能性もあれば、誰かべつの人間が由美に責任を押しつけようとしている可能性もある。自分が美月に信頼されていそうな点が、唯一の救いだった。

「こういうことがあると、本社に怒られるのか？」

美月の思いつめた表情に、雄次は問いかけてみた。

「まず管理ができてないっていわれるでしょうね」

「管理っていったって、融資したのは北山支店長のときだろ」

「そんな理屈は通用しないのよ。事件が起きたときの責任者がすべての責任をとる。この会社のルールね」

「そんなの間違ってるんじゃないか？　どう考えたっておかしいだろ」

「そうしなくちゃ、支店の緊張感を維持できないんでしょ。私も本社にいたときは、厳しくやってたから。しかたないわよ」

「俺だったら絶対に納得いかないな」

「納得はいかないわよ。でも誰かが責任を取らなきゃいけない。しかも私は、本社の一部の人に嫌われてるから気まずくてね」

「俺から何かいってやろうか？」

「いいわよ。あなたには関係のないことよ。それに担当者だけの責任にするのも、筋違いだと思うしね。心配させてごめんね。今日はもう帰るの？」

美月の問いで、午後三時を回っていることに気づいた。

「こんなときに申し訳ないけど、そうさせてもらえるとありがたいな」

「私はもう少し調べものをして、明日にでも時間をとって彼女にヒアリングしてみるわ」

雄次は席に戻ると、マーケティング課の座席表を見た。外山由美は育成担当の石本希美と一緒にいることが多かった気がするが、みんなで話しているのを隅で聞いていた記憶しかなかった。

一度だけほかのスタッフと一緒にランチに行ったことがあったが、自己紹介をしたくらいで特段話すこともなかった。

印象に残っているのは、化粧が濃いところだった。ファンデーションをしっかり塗っている表情しか記憶にない。雄次は劇団に向かって自転車をこぎながら、由美の表情を思い返していた。

事務所に着くと、雄次は一通り新聞をチェックした。劇団が親密にしている県内の新聞では、公開稽古について触れられていた。市内の有力者の見学が報じられ、主演の叶実絵子の写真の隣に高嶺のコメントが付されている。

ここまで長い時間をかけて構想を練ってきました。全力で作り上げる私たちの芝居をぜひ見に来てください。ありきたりだが、新聞向けのコンパクトなメッセージだ。

新聞を畳むと、遠くから皆川が手招きしていることに気づいた。

「どうしたんですか?」

「聞いてない?」

「何がですか?」

「やっぱり、まだか」

「どうしたんですか?」

「十和子ちゃん、またやっちゃったんだよ」

「えっ?」

「朝から稽古に来てなくてさ、電話しても誰も出ない。またすっぽかしだよ」

「連絡が取れないんですか?」

「いちおうバイト先のコンビニにもかけてみたけど、向こうも困ってるようだったよ。店長さんが休みも取れないって、愚痴られちゃったくらいだから」

「そんな……」

「雄次君も大変だろうけど、今回ばっかりは十和子ちゃんを守れる気がしねえよ。土曜日の事故は彼女が悪いわけじゃないかもしれないけど、主演女優を敵に回したうえでこの騒ぎじゃ、味方になってくれるのはよっぽど奇特な奴ぐらいだぞ」

「すみません」

「まあ、俺も雄次君もそんな変わりもんの一人なんだろうけどさ」

「ちょっと見てきます」

「どこに行くんだよ」

雄次は皆川の声を無視すると、大宮駅に向かって走った。十和子の部屋以外に、思い当たる場所はなかった。

十和子が急に劇団に来なくなるのは、この日にはじまったことではない。今までも何回か、いきなり稽古を休んでみんなを困らせたことがある。

昨年は入院騒ぎがあった。

稽古に行くのに最寄りの東大宮駅に向かって歩いている途中で、自転車にはねられるという事故だった。はねられたという言葉に、雄次は連絡を受けてすぐに病院に駆けつけた。

もう芝居もできないのだろうか。そんなところまで想像が広がってしまい、相手が自転車であることなどおかしいと思う余裕もなかった。

救急病院に運び込まれて診察を受けると、演技性パーソナリティ障害という結果を伝えられた。極度の緊張と疲労で、自転車にひかれたと思い込んだのではないかというのが、医者の診断だった。芝居が好きだといっていた十和子の行動としては不思議な気がしたが、精神的な弱さの表れだったかもしれない。

大事なときに逃げる奴がよくいるんだよ。だから役なんて任せられないんだ。十和子の騒ぎに、高嶺のいった言葉が忘れられない。あいつ本当は芝居なんてやりたくないんじゃねえか。俺たちプロなんだぜ。その辺のサークルと勘違いされちゃ困るんだよ。

どうにかもう一度チャンスを与えてほしいと雄次が頼み込んで事無きを得ただけに、彼女には頑張って欲しかった。

雄次は東大宮にある十和子のアパートに着くと、呼び鈴を鳴らした。しばらく待ったが、返事はない。

ポストに手を突っ込むと、ガムテープで貼り付けてある鍵を取り出した。彼女の部屋に来たときにいなかったら使ってほしいといわれていたからだ。

部屋には誰もいなかった。雄次が安心したのは、生活の匂いが以前来たときのまま残っていることだった。布団は敷いたままだし、洋服は脱ぎっ放し。弁当のゴミは机に積まれ、トイレの電気はつけたままだ。

部屋中を一通り探してみたが、財布や携帯電話は持ち歩いているようだった。気になったのは、いつも履いているジーパンが脱いだままになっていることだった。

お金に余裕のない十和子は、普通の女の子に比べて極端に洋服の数が少なかった。芝居のときはいつもジーパンだった姿を思い出すと、十和子の分身が投げ捨ててあるように感じられた。

「今部屋に来たんですけど、こっちはいつもどおりです」

雄次は皆川に電話すると、状況を説明した。

「何も変わったことはないか?」

「いつもの汚い部屋です。何かあったようには思えませんけど」

「友だち関係とかはどう? 雄次君の知り合いもいるでしょ」

「もう少し探してみます」

「高嶺ちゃんも気づいたかもしれないな。さっき十和子ちゃんのこと話してたから、時間の問題かもしれんぞ」

「まずいなあ」

「とにかく適当なこといって引き延ばしとくから、見つかったら早く連れてきてよ。これ以上遅くなると、みんなに迷惑かかっちゃうから」

「ありがとうございます」

雄次は電話を切ると、洋服を脇に除けて床に座り、何人かに連絡してみた。劇団以外で、十和子が親しくしていた友人は多くない。アルバイト先の友人に何人か電話したが、思い当たる者はなかった。

雄次は部屋を出ると、鍵を元に戻し、東大宮駅に向かって歩いてみた。よく十和子と二人で歩いた商店街だった。ここ数ヵ月は忙しくて来ていなかったので、いつの間にか店がいくつか変わっている。雄次は歩きながら、二人の会話を思い出してみた。

稽古が終わると、この通りでよく待ち合わせしたものだった。稽古が終わっても十和子は片づけに時間がかかるので、帰るのがいちばん遅いことが多い。そんなときには、雄次はハンバーガー屋で時間をつぶした。

十和子は、高校生の頃からいくつかの芸能事務所や劇団に出入りしていた。小さい頃から人前に出るのが好きだった彼女の憧れは、テレビの世界だった。

何度もオーディションを受けた結果、もっとも夢の世界に近づいたのが劇団さんぴんちゃだったのだろう。

仲良くなったのは、入団した十和子の新人劇を手伝ってからだった。劇団では新しいメンバーの紹介の意味も含めて、新人がグループで芝居を発表することがあった。雄次が、十和子の育成担当だった。

毎日の厳しい稽古にもかかわらず、楽しそうにしている十和子の笑顔が新鮮だった。決して派手でも演技が目立つわけでもなかったが、十和子の存在が気になってしかたなかった。

男女のつき合いになって意外だったのは、大事なときに十和子が雄次に依存してくることだった。

二年前、雄次がはじめてべつの劇団の芝居で役をもらえたときのことだ。たまたま全国紙で取り上げられたことから人気が出て、長期公演をすることになった。

二七歳で劇団さんぴんちゃに入団し、三〇歳までには有名になりたいと考えていた雄次にとっては、三一歳にして訪れた飛躍のチャンスだった。

何ヵ月か不在にするので、劇団さんぴんちゃでの活動は休止せざるをえない。十和子は不安でたまらなかったのだろう。ある日の晩、携帯に着信があった。

「今ちょっといい?」

もしもしの代わりに、そういって話しはじめるのが十和子の癖だった。

「どうした?」

「今度の芝居、雄次はどうするのかと思って」

「どうって、できれば出たいと思ってるよ」

「でも今のままだったら、稽古にも来れないよね」

劇団さんぴんちゃでは、夏と冬の定期公演がもっとも大きなイベントだった。公演の三ヵ月前には脚本が決まり、二ヵ月前にはキャストが決まり、一ヵ月前から準備がはじまる。

当時は脚本が高嶺のオリジナルに決まり、主要な配役をめぐって、数週間に一回は同じような会話を繰り返していた。十和子は、一人では何もできない事実に不安でしかたなかったのだろう。そんな口調が、地方公演で疲れきった雄次には煩わしかった。

「どうしろっていうんだよ。俺だって、好きで劇団を離れてるわけじゃないんだぜ。仕事してるんだよ」

「わかってる。私の考えを聞いて欲しいだけよ」

思ってもいない展開に、雄次は話すのを止めた。今まで十和子は、雄次の考えに文句をいうことはあっても、自分から提案したことはあまりなかった。

「今回はいいかなって思ってるの」

「いいって？」

「公演よ。このままやってても、役をもらえそうにないから」

「何いってるんだよ。役者が舞台に立てないんじゃ、いる意味がないだろ。せっかくなんだから挑戦してみろよ」

「そうなんだけどね。また高嶺さんに怒鳴られると思うと、気分が重くなっちゃうのよ」

「役者が演出家の指示を聞くのは当たり前だろ。文句をいわれないように、完璧な演技をやってみろよ」

「そうするべきなのはわかってるんだけど、どうしても高嶺さんににらまれると、自分の演技ができなくなっちゃうのよ。雄次がいれば少しは楽になるんだけど……」

「そんなことで役者が務まるのかよ。プロになるんだろ？　俺に頼らずにやってみろよ。チャンスなんて、いつまでもあるわけじゃないぞ」

「雄次はすごいな。役者になる夢をつかめて」

「何いってるんだよ。俺だって、たまたま今回チャンスがあっただけで、これで役者になったわけじゃないよ。この芝居が終わったら、また無職に逆戻りだ」

「でも、続けられるならこっちに戻る必要ないでしょ？」

「……」

雄次が言葉に詰まっていると、十和子が不安を隠そうとせずにいった。

「私、本当に才能ないのかもしれないな」

「そんなこというなよ」

「しかたないよ。高嶺さんがいうように、私の演技なんてまだお客さんに見せられないから」

会話から伝わってくる沈んだ様子が意外で、雄次は終電で大宮に帰った。気が気でなかったのは、お笑いコンビを組んでいた相方のことを思い出したからだった。

彼もいつの間にか雄次から離れていった。公演期間中、役者が現場を離れるのは許される行為ではなかった。自分なしに十和子が生きていくのはむずかしいかもしれない。はじめてそう思ったのがこのときだった。

雄次はハンバーガー屋の前に立つと、店のなかをうかがってみた。客は誰もおらず、店員が楽しそうに立ち話をしている。不安そうに見つめる自分の顔だけが、ガラスに映っていた。

雄次はもう一度商店街を探しながら十和子の部屋に戻ると、連絡してほしいというメモを残して劇団に戻った。

事務所をのぞくと、皆川明が重苦しい表情で高嶺延彦と話をしていた。雄次に気づくと、気まずそうに手をあげた。

「どうだった?」

高嶺は雄次を見ると、表情も変えずに訊いた。その瞬間皆川と目が合って、十和子の失踪がすでに耳に入っていることを知った。

「まだ見つかりません」

「手がかりもなしか?」

「すみません」

「しかたねえな。まあ、お前が謝ることじゃねえよ」

「絶対に帰ってきます。もう少し探しますから、待ってもらえませんか?」

「気にしなくていいぞ。ほかに使ってみたい若手が何人かいるから、ちょうど良かったくらいだ」

高嶺は手を横に振って雄次の提案を否定すると、新しいタバコを手に取った。雄次は追いすがるように言葉を並べた。

「カッとなって飛び出しただけです。すぐに冷静になって帰ってきます。今までも劇団のことを考えて行動してきたじゃないですか」

「そう思って大目に見てきたけどよ、こんだけ忙しいときにいなくなるなんて、嫌がらせとしか思えねえんだよ」

「そんなこと……」

「ないっていいたいのか? だったら、あの女を早く捕まえてきてくれよ。だいたい冷蔵庫だってどうなってるんだよ。ぜんぜん見つからないっていうじゃねえか。お前だって、あいつに時間使ってる暇はねえんだろ」

「雄次君が悪いわけじゃないからさ」

皆川が口をはさむと、高嶺は声を荒げた。

「だいたい、お前は何をやってるんだよ。チケットだって、今までよりたくさんさばいてるわけでもねえだろ。役者も中途半端なら、裏方も中途半端。おまけに女には逃げられて、お前の存在意義は何なんだよ。お前がここにいる意味っていうのを、全力で示してくれよ」

「……はい」

「はいじゃねえ。つまんねえ顔してやがって。もう一度役者になりたいんだってな。十和子から聞いたよ。あきらめられなくて、どんな役でもいいからつけてあげてほしいって」

「十和子がですか？」

「そうだよ。いなくなる前に、わざわざ話があるっていうから聞いてみたらそんな話だ。お前ら、頭おかしいんじゃねえか。二人で傷口なめ合ってやがってよ。やりたかったら、自分でアピールしろよ。逃げてねえで、やりたいっていってみろよ。お前こそ本当に芝居がしたいのかよ。やりたくてしかたがないっていう情熱が感じられねえんだよ。どうせ本当にやりたいわけじゃねえんだろ。今の立場が気に食わねえだけなんだ」

高嶺はタバコをもみ消すと、立ち上がって窓を開けた。

十和子の話題が、いつの間にか雄次への詰めに変わっていた。目の前には、どんなことでも顔を真っ赤にして怒る高嶺がいた。

雄次が劇団で広報に回るよう打診されたのは、ちょうど一年前のことだった。

直前の公演では、それなりに重要な役を与えられていた。まだ主役級は遠いが、継続していけば近づくことができるかもしれない。そんなことを思って出席した打ち上げの席で、高嶺に構想を告げられた。

前ぶれのようなものはあった。数ヵ月前に、友人が一人やめていた。何度も同じ芝居に出たことのある友人は、実家に帰って店を継ぐという。三〇歳を過ぎて、今後の生き方を考えなければならない時期に差しかかっていた。

しばらく雄次は、高嶺のいうことがよく理解できなかった。役者として続けていくには、観客にアピールできるものがなければならない。いいたくはないが、お前には役者に必要な華がないのだと。

あまりにも冷酷な内容だったが、記憶に残っているのは、気まずそうに話す高嶺の表情だった。いつも大声で怒鳴っているくせに、相手を傷つけるのが嫌いなのだ。もしかしたらこの人は、自分の感情に直面したくないから、わざと大声を出しているのかもしれない。

そんな繊細な部分がわかるからこそ、どんなに怒鳴られても、みんな本気で高嶺を恨むことができないのだろう。よろしくお願いします。気づけば雄次は、高嶺の提案を受け入れていた。

「本当なのかい？　役者をやりたいっていうのは」

皆川の質問にすぐにうなずけなかったのは、こんなかたちで自分の思いを表明することになるとは思っていなかったからだ。

思えばいつもそうだった。雄次も十和子も、自分のことより、頼まれてもいないのに相手に対しておせっかいを焼いてしまっている。

「こいつら本当にバカなんだよ」

高嶺の言葉に、何ひとつ反論することができなかった。

第七章　九月一四日（火）

今朝ばかりは、田村美月もティッシュ配りに身が入らない。

通行人が手を出しやすいタイミングでティッシュを差し出すのがポイントだが、集中できていないからか、タイミングが遅くなってしまう。何をしていても、外山由美の表情が頭に浮かんだ。記憶にあるのは、仲本雄次が配ったシュークリームを美味しそうに食べる姿だ。入社して半年は研修期間で、一年は育成担当が指導につく。由美の場合はサブリーダーの石本希美がインストラクターで、二人で食事に行くのを見かけたことがあった。

研修期間が終わったばかりの新人に、ミスはつきものだ。間違わないほうが珍しいが、モニターを使った本人確認で、あれほど不自然な成りすましを見抜けなかったのはチェックが甘かったとしかいいようがない。証明書とべつの人物であることがわかって融資していた可能性も否定できない。

由美はパソコンに慣れないので、どうしても報告書の作成に時間がかかってしまうといった。たどたどしいキーボードの入力を見る限り、ほとんど素人の手つきにしか思えなかったが、あれも演技だったのだろうか。

美月は何日か前に一人でオフィスに残っている由美を見ていただけに、彼女が企んだのではないことを祈りたい気分だった。

「何だか、心ここにあらずっていう感じだね」

小笠原仲江がティッシュを両手で持ちながら、美月の顔をのぞき込んだ。

「そんなつもりはないんですけど」

「顔に心配ごとがありますって書いてあるよ。そんな顔してたら、誰もティッシュなんてもらってくれないよ」

「すみません……」

「成りすましの件かい？」

「それもあります」

「自分が責任を取らされるんじゃないかって、心配してるんだろ」

「そんな単純な話じゃないです」

「じゃあ、どんな複雑な事情があるのか説明してみなよ」

小笠原は美月に近づくと、手を腰に当てて見上げた。

「ほら、何もいえやしないじゃない。あんたが何考えて冴えない顔してるか知らないけど、この道を通る人たちには何の関係もない話なんだよ。自分の都合だけで嫌な顔されたんじゃ、お客さんだって寄り付かなくなるに決まってるよ。モヤモヤした思いは、朝顔を洗うときにきれいに流しちまうんだよ」

「小笠原さんは強いですね」

「べつに強くなんかないよ。気にしないだけだよ。子どもがいると、うじうじ悩んでる暇もないからね。今まで経験したことに比べりゃ、こんなの何でもないって思うしかないんだよ。起こったことはしかたないんだからさ」

「そうですよね……」

「トイレで顔を洗ってきなよ。頭がスッキリするから」

小笠原は美月を励ますように明るくいうと、ティッシュ配りに戻っていった。何があっても動じないように見える、小笠原の余裕がうらやましかった。

美月は支店に戻ると、デスクに雄次を探した。

「仲本君は来てる?」

「今日は少し遅れるっていう電話がありました」

宮原志穂がメモを見ながら答えた。

「また遅刻? あの人は、寝坊しないほうが珍しいんじゃない?」

スタッフの文句は人前でいわないようにしてきたが、さすがにこのときばかりは不平が口をついてしまった。成りすましの件で、朝のうちに二人で打ち合わせしておきたかった。そんな配慮に気づかない雄次の鈍感さが恨めしく思えた。

「彼女の件らしくて、どうしても外せないみたいでしたよ」

「彼女が心配で会社に遅刻するって、社会人として許されるの? どういう気持ちで仕事してるのか訊いてみたいわよ」

「外から電話がありましたから、何か事情があるんだと思います」

「もういいわ」

心配そうな宮原を遮ると、美月は由美を呼ぶようにいった。とげのある口調に、営業課の全員の視線が自分に集まった気がした。

「マーケティング課の外山由美さんですか？」

「そう、ちょっと訊きたいことがあるのよ」

少しだけやわらかい言い方をしたのは、このままではまずいと自分でもわかっていたからだった。

美月は一人でブースに入ると、ペットボトルの水を一口飲んで、由美が来るのを待った。大きな声ではほかのスタッフに聞こえてしまいかねないが、場所を選んでいる余裕がなかった。

「失礼します」

ブースに入ってきた由美は、緊張しているのか目を真っ赤にしていた。フォーマルな席でしか着ない制服の上着を羽織っているところにも、その様子がうかがえた。頭を下げると、椅子に座って上着のボタンをいじっている。

「仕事には慣れてきた？」

美月は、できるだけ優しい口調で話しかけた。追いつめるのではなく、協力してもらわなければならない。そのためにはどうにかして事情を訊き出したかった。

「ちょっとずつです」

由美はひとことだけ返事をすると、不安そうに美月を見た。突然呼び出されたことに警戒しているのだろう。

「今でも帰るのはいちばん遅いの？」

「たくさん勉強しなくちゃいけないことがあるのに、頭悪いからなかなか憶えられなくて」

「指導をもう少し、ゆっくりにしたほうがいいのかな」

「べつにそういうわけじゃないんですけど、もしかしてそんなクレームがきてますか？」

「いや、そんなことはないわよ。経験の長い先輩が多いから、ついていくのが大変なんじゃないかと思っただけよ」

「じゃあ、まだクビじゃないんですね？」

「そんなわけないじゃない」

「もうすっごい、ここに呼ばれて心配しちゃいましたよ」

「何で？」

「だって、代理さんから呼び出されることなんてないじゃないですか？　石本さんに相談したら、何ていわれてもいいように覚悟しておけっていうから」

「意地悪な先輩ね」

「本当ですよ」

由美は手を合わせて交互に指を組むと、安心したように笑顔を見せた。さっきまでの緊張した表情との落差に、この子は何もしてないような気がした。

犯罪に手を染める人間が、これほどの笑顔を作れるはずがない。それが美月の願望でしかないとわかったのは、加藤康之の名前を出したときだった。

「加藤康之さんっていうお客さんを憶えてる?」

「……」

「三ヵ月ほど前に、外山さんが新規融資の審査をしてるんだけど」

「加藤さんですか?」

「そう。これがそのときの書類ね」

美月は、顧客ファイルを由美に向けて広げた。

「憶えてるわよね?」

「はい……」

美月の質問に、由美はゆっくりとうなずいた。

「あなたが審査担当者になってるみたいだけど、そのときの状況を詳しく教えてもらえないかな」

「ずいぶん前なんで、よく憶えてないです……」

「憶えてなければ、思い出してほしい。これは大事な問題なの。あなたが融資した相手は、本人ではなかった可能性が高くなっている。私もビデオを見てみたんだけど、怪しいと思う。これを審査担当者であるあなたが見て気づかないはずがないから」

「……」

「何でこんなことになったの？　本人でないことは、モニターを見て話せばすぐわかるはずよ。何か事情でもあったの？」

「まだ慣れていなかったものですから……」

「それは違うでしょ。あなたは半年間の研修期間を経て、一人で対応できるようになっていたはずよ。それは石本さんだって認めてるし、ほかのスタッフからもそんな評判が寄せられている。すでに何人も審査しているあなたが、いきなりこんなミスをするとは思えないの」

「すみません、集中できていなかったんだと思います」

「それも違うわね。集中力の問題でもない。わざわざ研修期間が終わった数日後に、こんなミスをしている。一人で対応するようになるタイミングを待っていたんじゃないの？」

「そんなことはありません」

「だったらどんな事情があったのか、説明して」

美月はいってから、自分の声が大きかったことに気づいた。ブースの外では、スタッフが美月の声に耳を澄ませているような気がした。由美が意識的に見逃したのであれば、重大な過失といわざるをえない。美月は黙り込む由美の表情をじっと見た。

「……ごめんなさい」

沈黙に耐えられないように、由美が声を出して泣いた。美月はため息をついて、彼女に問いかけた。

「どうしてこんなことになっちゃったの？　この男は知り合いなの？」

「……はい」

「誰なの？　教えてくれる？」

「彼です。一緒に住んでいます」

「一緒に住んでるって、結婚してるの？」

「違います。同棲しているだけです」

「この男と？」

信じられずに繰り返し訊く美月に、由美は泣きながら事実を認めた。一緒に暮らしてるだけという言い方に否定的なニュアンスを感じとれたことが、少しだけ美月の気持ちを軽くしていた。

「お金が欲しかったの？」

「彼は無職なんで、お金にはいつも困ってました。金があればなっていうのが口癖で。でも本当は、面白くなかったんだと思います。私が仕事をしてるのに彼はなかなか就職先が見つからなくて、うっぷんを晴らしたかったんじゃないかと思います」

「そんな子どもみたいな理由が通用すると思ってるの？　詐欺で会社に損失を与えているのよ」

「彼、一度怒ると止められないんです。力も強いし、何をいっても聞いてくれなくて」

「その傷も彼にやられたの？」

美月は、自分の頬を示した。ファンデーションで隠そうとしているが、擦り傷のようなものが薄く見えていた。涙を拭いているうちになまなましい暴力の跡が姿を現していた。

「これは……」

「そうなんでしょ?」

「すみません」

「あなたが謝ってもしかたないわ。被害者みたいなもんなんだから」

美月が許せなかったのは、会社から金をだまし取った行為より、彼女にこんな傷をつけたことだった。うまくいかない自分の不甲斐なさを暴力で発散しようとする男など、どんな事情があっても許せなかった。

「本社から電話が入ってます」

申し訳なさそうに、宮原志穂が顔を出した。

「かけ直すわ」

「営業企画部の平井部長です。お急ぎのようですけど……」

「今は忙しいから、後にするように伝えて」

美月は突き放したような口調で応えた。今はどうやって融資した金を取り戻すかが大事で、本社の話を聞いている余裕はなかった。

「どうにかしろといってますけど、どうしましょうか?」

二人が黙り込んでいると、宮原が困惑した表情を見せたので、美月は対応せざるをえなかった。

「電話にも出ないで、お前は何やってるんだよ」

「すみません、大事な話をしていたものですから」

「大事な話？　本社からの電話以上に大事なものがお前の店にあるのか？」

平井は、苦言を呈してから本題に入った。

「今回の件、どうやって対応するんだよ。成りすましなんてさせておいて、気づかないっていうのはどういう教育をしてるんだ。お前の部下の問題なんだろ？」

「そのようです」

「そのようですだと？　何でそんなことになったか訊いてるんだよ。このスタッフと犯人がつながってる可能性はないんだろうな？」

「まさにその件を調査中です」

「そんなことになってみろ。マスコミの餌食になるだけだぞ。疑いがあるんだったら今すぐにでもクビにして、そいつを背任で訴えろ。それが会社を守る道だ」

「会社にとってはそうかもしれませんが、本人はどうなるんですか？　事情を確認しないと何ともいえません」

「契約社員に事情も何もあるか。あいつらは駒なんだよ。駒に傷がついたら取り替えろ。そのために契約社員で採用してるんだろ」

「間違いだったらどうするんですか？　無実の人間を罰することになるんですよ」

「お前なあ……」

平井はため息をつくと、一瞬おいてから落ち着いた口調でふたたび話しはじめた。

「そんなことといっている余裕があるのか。ただでさえ業績が悪い支店なんだぞ。このままならお前は飛ばされるよ。今度は大宮なんてもんじゃない。人もいないような僻地の開発にでも回されるよ。そんなの、お前の周りにも何人かいただろ。新店準備室なんて、会社は何も期待しちゃいない。辞めさせるための手段だよ。そんなことでいいのか。もう一度本社に戻りたいんだろ?」

「そんなことはありません」

「嘘をいうな。奥沢君からも聞いてるよ。今までのことをきちんと謝れば、俺の力で来週には東京に帰れるよ。三週間の休暇だったと思えばいいんだ。もともとお前は営業より本社のほうが向いていただけの話だ。そう人事にいってやるよ。昔のお前に戻れるチャンスだ。しっかり考えて行動してくれよ」

平井は一方的に電話を切った。美月は受話器を置くと、スタッフの目が自分に集中していることに気づいた。

美月はブースに戻ると、うつむいたままの由美の前に座った。

「私のことですか?」

「まあ、そんなところね。いろんな意味で気にしている人間が少なくないわね」

「すみません」

「べつに本社に報告しなくちゃいけないから、事情を聞きたいんじゃないの。同じ支店で働いているメンバーとして、あなたのことが心配なの。説明してくれるわよね?」

由美はハンカチで涙を拭うと、しばらく呼吸を整えていた。おそらく自分のなかで整理しないと話せない、こみいった事情があるのだろう。美月は、彼女が口を開くのを待つしかなかった。

「立花正人と出会ったのは、私がペンギンファイナンスで働きはじめて何週間かたってからです。まだ研修期間で、資格を取るためにカフェで勉強してたときに声をかけられました。そのときは、おそらく彼に、私の立場を利用しようという意図はなかったと思います。ただのナンパです。消費者金融の存在すら知りませんでした」

「立花というのがこの男？」

美月はビデオから印刷してきた写真を示した。

「そうです。その頃からもう仕事はしてなくて、たまにアルバイトか、日雇いのような仕事をわけてもらっていました。面倒臭いっていうのが口癖で、世間に対して斜に構えたような姿勢が逆に私には新鮮で、自分がそんな態度をとったことがなかっただけに、頼もしく思ってました」

「今回の件を持ち出したのは、立花なのね？」

美月はうなずいた。

「私の仕事に興味なんてなかったのに、あるときから細かく会社のことを訊かれるようになったんです。一時間もあればお金を借りることのできるシステムが彼には理解できなかったみたいで、話を聞きながらしきりに驚いてました。もちろんどの消費者金融会社も、誰にでも無審査でお金を貸すわけじゃないことはわかっていました。でも、お金に苦労した経験しかない彼にしてみれば、無人契約機が打ち出の小槌のように見えたのかもしれません。審査をどうすればかいくぐることができるかを考えて、私を利用するという結論に達したんだと思います」

由美は、立花が一人で詐欺の手口を考えつくはずがないといった。ペンギンファイナンスの社内の事情を聞き出そうとする口調から、立花に知恵をつけた人間の存在がちらついたが、由美に直接接触してくることはなかったという。

「もし断ってたら、どうしてたと思う?」

由美は、美月の問いを聞くと目を閉じた。

「想像したくもありません。こんな傷ではすまなかったと思います。あの人、飲むとものすごく狂暴になるんです。もともとラグビーをやってて、身長も一八〇センチ以上あるのに、別人みたいな目つきになって、少しでも口答えすれば、思いっきり殴られます。一度スイッチが入っちゃうと止まらなくなるから、いつも反論はしないようにしています」

「この健康保険証は誰の?」

「知らない人です。おそらくどこかで財布を盗んできたんだと思います。自分にもようやく運が向いてきたって騒いでましたから」

「銀行のカードも?」

「そのときのものだと思います」

「収入証明書は?」

「それは……」

いいづらそうにしていたが、隠すつもりはないようだった。

「作ったの?」

ゆっくりと由美はうなずいた。

「どうにかして欲しいといわれたので、よくある形式に合わせて私が適当に作りました」

「だから帰りが遅かったの？」

「すみません……」

「どうしようもないわね。ぜんぶ計画的じゃない？」

美月は考え込むと、足を組み直した。

「どうするんですか？」

「借りるべきでない人間が会社の金を借りてるんだから、返してもらうか、正規の手続きで借りてもらうしかないわよね」

「捕まっちゃうんですよね」

「それはその男次第ね。場合によっては、会社は被害者という立場でその男を訴えなければならなくなる。最悪の場合は、懲役で何年か刑務所っていう可能性もあるでしょうね」

「そんな……」

「これはあなたの問題でもあるのよ。今までの関係を続けるか、彼との関係を清算して新しい人生を歩きはじめるか。すぐに決めなくちゃいけないわね」

「………」

「行ってみようか？」

「えっ？」

「取り返しに行くのよ、お金を」

「私の部屋にですか？」

「そう。今もいるんでしょ。あなたがこのままつき合う必要はないわ。完全に関係を断ち切って、その男に弁償させるのよ」

「そんなことできません」

「何でよ。あなたはペンギンファイナンスの人間という立場を利用されただけなのよ。融資するように仕向けられて、金をだまし取られた。会社に対してもし悪いと思う気持ちがあるなら、態度で示すべきよ」

美月は立ち上がった。何が自分を奮い立たせるのかわからなかった。平井にいわれたことをやっているという意識はすでになかった。かといって、由美のことを思いやっているだけでもない。何となく自分がなめられているような気がして、放り出しておけなかった。

「ちょっとだけ待ってください」

由美は不安そうな顔で、手もとを見つめた。うつむいた表情から、彼女が自分の気持ちを固めようとしているのがわかった。


外山由美の住まいは、大宮からニューシャトルで数分の加茂宮が最寄り駅だった。住宅地で、支店の顧客も少なくない地域だ。美月は昼休みが終わると、由美と一緒に会社を出た。

行動予定表には、「外出」としか記入しなかった。行ってはいけない場所に向かっているのかもしれないからだ。

雄次には伝えておいてもよかったが、こんな大事なときに遅刻する気持ちが理解できなかった。立花も話せばわかってくれるのではないかという、楽観的な思いがあったことも否定できない。ニューシャトルのなかで、美月は由美とひとことも交わさなかった。どんな男が出てくるか考えると逃げ出したくなるのに、大胆な行動をとる自分が不思議でならなかった。

平井部長にいわれたように、美月がしなければならないのは、責任の所在を明らかにすることだった。今回のケースでいえば、由美の関与さえ示せればいい。

しかし大宮駅前支店の人間としては、それで十分とは思えなかった。彼女は利用されたにすぎない。彼女の無実を証明しなければ、自分のいる意味はないという気持ちが美月を行動に駆り立てていた。

「あのアパートの二階です」

加茂宮駅から十五分ほど歩いたところで、由美は立ち止まった。目の前の白い壁の建物だった。築二〇年といったところだろうか。敷地面積にもよるが、最近になって部屋探しをしている経験からすると、家賃は四、五万円程度だろう。

「今部屋にいるの？」

「まだ寝てるかもしれません。いつも夕方にならないと動きはじめませんから」

「たいそうなご身分ね」

美月は腕時計を確認した。二時少し前だった。

「いつもは起きると、コンビニに行きます。ぶらぶらして時間をつぶしてからパチンコに行って、勝ったり負けたりという生活です。その後は、明け方まで友だちと飲みに行くこともあります」

「じゃあ、話をするなら今っていうことね？」

「そうですけど……」

美月の言葉に、由美の表情が暗くなった。

「あなたは来なくていいわよ。私だけで話したほうがいいでしょ」

「そんなことできません。私のせいでこんなことになってるわけですから」

「危ないかもしれないけど。きちんと話せる？」

「やってみます」

美月は、どこかで由美が嫌がってくれることを期待していたのかもしれない。階段を上がっていく自分の足が、緊張で震えていることに気づいた。

「まーくん、いる？」

由美は、玄関のカギを開けながら声をかけた。立花正人。年齢は、由美と同じで二五歳。美月は、少しでも会話が通じる人間であることを祈るしかなかった。

「今日は早く帰れたんだ」

通りの音で返事は聞こえなかったが、由美は玄関のドアを開けると、美月にうなずいた。なかにいるのが気配でわかるのだろう。

部屋に入ってすぐ目についたのは、大量の靴だった。収納があまりない事情もあるのだろう。

ブーツからサンダルに至るあらゆる靴が乱雑に置かれ、そのなかに、かかとの踏みつぶされた大きなスニーカーが脱ぎ捨ててあった。

「どうした?」

気づくと男が目の前に立っていた。一八〇センチを超える身体に、トレーナーが小さく見えた。眠そうに眼をこすっていたが、美月の存在に気づくと手を止めた。

「立花君?」

「何だよ、こいつ?」

「田村さんよ。会社の上司なの。まーくん、お金のこと、ちゃんと説明しようよ」

「話したのか?」

「あんな派手なやり方して、ばれないと思った? もうあなたの顔は、社内では有名人よ」

「ふざけるんじゃねえよ」

「ねえ、まーくん。話を聞いて。田村さんは、何も警察に連れて行こうとしてるわけじゃないのよ。話を聞きたいんだって。きちんと話せば、大ごとにはしないっていってくれてるから」

「そんなことはわからねえだろ、お前こそだまされてるんだよ」

「本当よ。べつにあなたを捕まえたいわけじゃない。私たちの仕事は金貸しよ。どんな人にもそれなりの金利を払ってもらえれば、お金を貸す。何よりもフェアなビジネスよ。こそこそしないで、通常の手続きで相談してくれればいいだけなのよ」

「返す金なんてねえよ」

「だから、今からどうやって返すか考えていこうよ。これから二人でやり直せばいいじゃない」

由美の言葉に、立花は考え込んでいた。おそらく美月を見定めているのだろう。協力するのと逃げ切ることを、天秤にかけているようだった。

「とにかくなかにどうぞ」

「勝手に決めるんじゃねえよ」

「まーくん、ここは私の部屋だから、ちょっとだけ話を聞いて。それくらいのことはしてもらってもいいでしょ」

立花は文句をいいながら、由美の態度に意外そうな表情を隠さなかった。ふだん口答えされることがないのだろう。認めるように、顔を背けた。

美月は靴を脱ぐと、奥の部屋に案内された。キッチン兼リビングのような部屋で、八畳ほどの広さだろうか。もう一つの部屋が寝室らしく、通り過ぎたときにかすかに香水の匂いがした。

美月はテーブルに着くと、カバンを置いてなかから書類を出した。

「融資をするには、書類をきっちり用意してもらう必要があるの。今すぐにぜんぶ書き上げるのはむずかしいかもしれないけど、目を通しておいて。そうしないと交渉にもならないから」

書類を持って椅子に座ると、由美が椅子のうえに置いてあった荷物を片付けて立花のための席を作った。

「まーくんも座って」

「何でだよ」

「今から、田村さんが説明してくれるから。まずは話を聞いて。そのうえでどうすればいいか考えればいいじゃない」

立花は不審そうに書類を見ていたが、ひとまず大きな身体を椅子に落ち着かせた。

「ありがとう。じゃあ、うちの会社のことから簡単に説明させてね」

美月は消費者金融の仕組みを、書類を使って説明した。

ペンギンファイナンスは、どんなお客さんにも、審査さえ通れば融資をする。職業も年齢も担保もいっさい問わない、どの金融機関よりフェアな会社だ。それは美月がいつも感じていることだった。

金に困っている人には常に金を貸してきたし、それがいちばんの存在意義だった。相手がどんな人でも避けないのが銀行との大きな違いで、消費者金融に対する風当たりの強さを感じるたびに、もっと自分たちを正しく理解してほしいという気持ちが強くなる。

美月は話しながら、部屋の様子を観察した。これといった特徴のないアパートだ。二部屋あるのでやや広めだが、ペンギンファイナンスの契約社員が住む部屋としては一般的な暮らしぶりといっていい。

仮に由美が立花の代わりに二〇〇万円を返済することになった場合、どれだけの年月が必要になるのだろう。そんなことを考えていたので、立花がナイフを手に立っていることに気づかなかった。

「黙れ」

「まーくん、やめて」

「うるせえ。変な真似するんじゃねえぞ。そのままじっとしてろ」

「どうするの?」

「お前に指図される筋合いはねえよ」

「代理さんは協力してくれるっていってるんだよ」

「黙ってろ。お前こそこいつにだまされてるんだよ。こいつらが、そんなに簡単に見逃してくれるわけないだろ」

「どう思おうが自由よ。ただし……」

美月が話し終わる前に、目の前が歪んだ。立花に殴られたのだ。ものすごい腕力で、メガネがどこかに飛んで行ったことすら気づかなかった。

頭のなかが一瞬真っ白になり、しばらくして顔が熱く火照っていることがわかった。

ひとまずいうことを聞くしかなさそうだった。何よりも、自分の気持ちを落ち着かせることが先決だ。背もたれに寄り掛かるように座り直すと、立花はナイフを口にくわえながら美月の後ろに回り、ガムテープで両手を椅子に括りつけた。

憶えているのは肌に吸いつくようなテープの感触と、乱暴だがぎこちない立花の手つきだった。腕力はあるのだろうが、犯罪に慣れた人間には思えなかった。

「こんなことして、どうしようっていうの?」

「うるせえ。どこかに埋められたくなきゃ、黙ってろ」

「逃げ切れるとでも思ってるの？　由美さんのデータは会社に登録してある。あなたのことも調べればすぐにわかるはずよ。もちろんうちの会社だけじゃなく、警察も動くわよ」

「うるせえっていってるんだよ。ぶっ殺すぞ」

「そんなことして何になるのよ？　私はまだしも、由美さんは関係ないじゃない。この子の人生をメチャクチャにして、責任が取れると思ってるの？」

もう一発、美月は殴られた。どうやら口のなかが切れたようだ。口から垂れている血を拭くことすらできなかった。

「俺をなめるんじゃねえぞ。やるといったらやるんだよ。黙らねえと、てめえの舌を切って一生話せなくしてやるぞ」

立花の殺気だった口調に、美月は何もいえなくなった。立花はナイフを取り出すと、美月の頬につけた。

「やめて……」

それが由美の声だと気づいたとき、はじめて立花のしようとしていることがわかった。その目はだまされたことに怒っているというより、すべてを放り出した人間の目のように思えた。

立花はナイフを美月の頬にあてると、ゆっくりと横に動かした。血が流出して、シャツが濡れていくのがわかった。

「俺がフェイクでやってるかどうかは、自分の頭で考えろ」

立花は反対側の頬を、思いきり引っ叩いた。

立花は美月の両手を椅子にしばりつけて身動きできなくすると、ガムテープを頭に巻きつけて目隠しをした。

美月への暴力は止まったが、本当に苦しいのはここからだった。次のターゲットは由美だった。自分を裏切った女に対する立花の復讐は執拗だった。派手に殴る音が聞こえたかと思うと、必死で息をする由美の喘ぎ声が耳に入った。

美月は抵抗しようとしたが、口もテープでとめられていたので何もいえなかった。お前はクズだ。俺に逆らうなんて、生きている価値もねえ。死んで詫びろ。そんな罵声に、由美はごめんなさいと繰り返すだけだった。

美月がつらいのは、暗闇のなかで自分はその声をただ聞いているしかないことだった。言葉を発することができれば、何らかの意思表示ができたのかもしれない。しかし口をふさがれ、身体が動かせないままでは、自分は存在しないに等しかった。

美月は座りながら、椅子を引きずって動けないか試してみた。うまくバランスを取らないと転んでしまうので、進むのはゆっくりだった。

しかし、どの方向に進めばよいのかわからない。ただ声のする方向に身体を向けるだけでも、何もしないよりはましなような気がした。

「邪魔なんだよ」

立花の声が近づいたかと思うと、両方の頬を殴られた。

「お前はそこでおとなしくしてろ」

痛かったが、自分が殴られている間は、由美に暴力が及ばないと考えると楽になった。

足で顔を蹴られたような感覚があり、気づくと横倒しになっていた。立花が裸足だったからか、腕で殴られるより痛みは少なかった。

「こいつを連れてきて、どうする気なんだよ?」

暴力の矛先が、もう一度由美に向かった。立花の声が遠ざかったような気がしたのは、自分が意識を失いつつあるからだろうか。

「相談するだと? ふざけたこといってんじゃねえよ」

何か棒のようなものを振り回している音がした。

「まさか自分だけ助かろうとしてたんじゃねえだろうな。それで俺に説教か。なめてんじゃねえぞ」

由美は必死に否定したが、もはや言葉で説明する余裕もないようだった。倒れた姿勢では身体がほとんど動かなかったが、少しでも抵抗せずにいられなかった。

美月が両手足を動かしていると、右手のテープが緩んできたのがわかった。汗で濡れて、外れやすくなっていたのかもしれない。

美月は右手を強く椅子にこすりつけると、立花に気づかれないように腕を抜いた。目をふさがれているので、立花がどの場所から見ているかわからない。声のするほうに向くかたちで身体を傾けると、自由になった右手で左手のガムテープにふれた。

「まーくん、違うの」

「何が違うんだよ。俺をコケにしやがって。俺が何もわからないって思ってるんじゃねえだろうな」

「違うのよ」

由美が話すたびに、立花が怒鳴り返した。もう少しだけ待って。美月は由美の悲鳴に息を殺しながら、左手のテープを外した。

目隠しを自由にしたかったが、何重にもテープが巻きつけてあるので簡単には取れない。震える手で、先に口をふさいでいたテープをはがして呼吸を楽にした。

「警察が動きはじめるようなことがあれば、お前はただじゃおかねえ。ぶっ殺してやるよ」

「もうやめようよ、こんなことするの」

「俺に命令するんじゃねえよ」

立花がもう一度由美を殴るのと同時に、美月は思い切って立ち上がった。

「何だ、てめえ」

美月はとっさに、足もとにある椅子を振り回した。息ができるようになったことで一瞬楽になったが、目が見えないままでは立花の声から場所を推測するしかなかった。

美月の振った椅子が何かにあたり、ガラスが割れるような音がした。部屋に入ったときの記憶では、テーブルにグラスが置いてあったような気がする。

この椅子が、どこまで立花のナイフに対抗するだけの武器になるだろうか。相手を追いつめなければならないのに、近づいてくる立花の荒い息から足が後退するのを止めることができなかった。

椅子が自由に動かなくなったとき、美月の頭をよぎったのは、本当に殺されるかもしれないという恐怖心だった。

腹を蹴られ、反射的にうずくまったときには、さっきまで手にしていたはずの椅子で頭を思いきり殴られていた。顔を蹴とばされたが、痛みは感じなかった。

「やめて」

由美の叫び声を聞いたような気がしたが、その続きが聞こえることはなかった。


どれくらい時間がたったのだろう。気づくと物音が聞こえなくなっていた。

最後に意識があったのはいつ頃だろうか。暗闇のなかにいると、自分がどんな姿勢をとっているのかわからなかった。身体を動かしてみて、足のあたり具合から自分が床に倒れていることがわかった。

話し声や物音が聞こえないのが不気味だった。立花はどこにいるのか。由美はどうなったのか。立花の目を思い出すと、殺されてもおかしくなかったと思う。

自分を殺す手間すらかけたくなかったのだろうか。痛いという感覚だけが、生きていることを示す根拠のように感じられた。

美月は頭を振ってみた。両腕は後ろでくくられているが、首は自由に動かすことができる。全身の筋肉を順番に動かしながら、痛みの感覚から異常がないか確かめてみた。

どうやら手も足も、まだ失っていないようだった。もう一度助けを求めようとして、美月は身体を大きく振った。

今までであれば、少し動いただけで立花に殴られたはずだ。何も聞こえないのは誰もいないのか、それとも耳が使いものにならなくなってしまったからだろうか。

美月は、支店のメンバーの顔を思い浮かべた。今頃心配してくれているだろうか。予定表に行き先を記入しなかったのも、スタッフに相談してこなかったのも自分の判断ミスだった。

由美が会社に戻らない限り、自分がここで倒れていることなど、誰が想像できるだろう。会社が本気で調べればたどりつくかもしれないが、何日先の話になるかわからない。そう思うと美月は全身の力を抜き、頭を床に落ち着かせた。

思えば自分はいつも、こんな役回りだったような気がする。何をするにも読みが甘く、貧乏くじばかり引いてしまうのだ。

そもそもペンギンファイナンスに入ったのは、内定をもらった銀行が経営破綻したからだ。不良債権問題から株価が急落したその銀行が、内定取り消しを発表したのは卒業直前だった。

銀行の人事担当者に連絡したものの要領を得ず、美月を熱心に推薦してくれた先輩に電話したが、自分の再就職先を探すのに手いっぱいで、ろくに相手をしてもらえなかった。

同じく入行予定だった同期がほかの銀行に就職している姿を見て、はじめて準備していなかったのが自分だけだということに気づいた。要するに世間を知らなすぎたのだ。

大学に入ったときもそうだった。全国駅伝大会に出場した実績からそれなりに有名な大学だったが、「東京」と冠した名前にもかかわらず、一、二年次のキャンパスは神奈川の山奥に移転した後だった。

自然だけが豊富なキャンパスに、あまりいい思い出はない。すべてを環境のせいにするわけではないが、キャンパス生活を楽しんでいる同級生を見るたびに、世のなかにうまく馴染むことのできる人たちがうらやましかった。

高校のときは、もっと要領が悪かった。県内でも文武両道を重んじることで有名な女子校で、大学受験前に開催されるクラス対抗のバスケットボール大会に本気で取り組む雰囲気があった。美月もメンバーとして出場したが、二回戦で後輩と接触して負傷。足の骨を折るという重傷を負った。

その結果、大学受験が不本意な結果に終わったことはいうまでもない。自分の人生は、いったいどこからこんがらがってしまったのだろうか。そんなことを考えていると、また意識が遠くなってきた。

第八章　九月二五日（水）

オサムからかかってきた昨夜の電話で、雄次は北島十和子の足取りを知った。劇団のメンバーでよく飲みに行くゲイバーが、大宮駅西口の繁華街にある。オサムはその店長で、十和子が仲良くしている友だちの一人だった。

てっきり営業の電話かと思ったが、十和子の件と聞いて店に向かうことにした。

「本当に昨日なの？」

「月曜日の夜。間違いないわよ、お客さんの入りが少なかったから。ふらっと飲みに来たような感じで、最初は笑いながら飲んでたんだけど、急に泣きはじめちゃってね。あの子が泣くのなんてはじめて見たから驚いたわよ」

オサムはカウンターでグラスを洗い終えると、タバコに火を点けた。

二〇年近くこの店を一人で切り盛りしてきただけあって、オサムを頼りにする客は少なくない。五〇歳を超えている年齢を感じさせないくらい艶々した肌が自慢で、若い男の子に囲まれて暮らしていると歳をとらない、というのが口癖だった。

「何かいってなかった？」

「みんなの文句をたっぷりいってたわよ」

「みんな？」

「劇団の人やら友だちやら。雄次ちゃんのことも散々だったわね」

「だろうな」

「またケンカしたのって訊いたら、自分が悪いのはわかってるんだって。でも腹立たしい気持ちがおさまらなくて。うちに泊めてほしいっていい出したから、ビックリしちゃったわよ」

「泊めてあげたの？」

「うちの部屋なんて狭くて寝るところがないから断ったけど、このお店でもいいから泊めてくれっていうから、しかたなく連れて行ったのよ」

「オサムちゃんの部屋に？」

「そうよ。悪く思わないでよ。本人が誰にもいわないでくれっていって、聞かなかったんだから」

「わかってるよ」

雄次は、十和子がどんなことをいったかが手に取るようにわかった。

劇団にいると、何をしても噂がすぐに伝わってしまう。二四時間を一緒に過ごすような劇団の雰囲気が、ときどき嫌でたまらなくなるときがある。そんな彼女が唯一気を許せたのが、オサムだったのかもしれない。

「いつもと違うところはそれくらい？」

「そうねえ……」

オサムは考え込むと、思い出したようにいった。

「どこか遠くに行きたいっていってたわ」

「どこかって？」

「何もいってなかったわ。ただ私と一緒に旅行でもしたいっていうから、そんな余裕ないわよっていったら、シュンとしてたわ」

「どこに行こうとしてたんだろうな」

雄次は自分のなかの疑問を声に出してみた。旅行という言葉が意外に思えたのは、つき合っていても二人で旅行に行った記憶がなかったからだ。

行き先を決めていたというより、話しながら自分の気持ちを整理したかったのかもしれない。十和子が誘ったのがゲイのオサムだったという事実に、少しだけ救われたような気がした。


雄次がこの日、午前休を取って向かったのは、北大宮にある公園タクシーだった。前日のオサムの話を聞いて以来、自分の知らない十和子の過去をたどってみる必要性を感じていた。

十和子は小さい頃に両親が離婚し、母親はしばらくして病気で亡くなっていた。唯一の姉妹である姉とは連絡を取っていないらしく、話題にすらのぼったことがない。雄次が知る十和子の家族は、大宮でタクシーの運転手をしている父親だけだった。

雄次は何度か、北大宮にある公園タクシーの本社を見たことがあった。

タクシーに乗るときがあったら、あの会社を使ってね。私は偶然でも会っちゃったら気まずいから、絶対に乗らないようにしてるけど。そんなことをいって父親の会社を教えてくれた十和子の顔が、雄次の記憶に残っている。

父親が気にならないわけがない。べつに好きなわけじゃないけど、だからこそきちんと準備してから会いたいのだと。そういった十和子の気持ちに水を差したくなくて、雄次も公園タクシーを使ったことはほとんどなかった。

十和子の父親がいつ勤務しているのかわからないが、北島という名前だけを頼りに、行ってみれば何とかなるような気がしていた。

公園タクシーの古い建物に入ると、雄次を襲ったのは強烈なタバコの臭いだった。壁には禁煙と大きく書かれた看板がかけてあり、タバコを吸っている人は誰もいない。

この臭いが運転手たちの上着に染みついた臭いだと気づいたのは、受付のおじさんに案内されて建物の外に出たときだった。

「待たせたね。北島です」

十和子の父親は胸のバッジを示すと、帽子をとった。

「十和子さんと同じ劇団にいる仲本です」

「よく私がいることがわかったね。休んでる可能性もあるし、車を動かしてたら、まずこんなところにはいないよ」

「たまたまです。十和子さんにお父さんがこの会社で働いてるって聞いたことがあって、とにかく行ってみようと思ったんです」

「仲本君は行動派なんだな。ここでは話しにくいだろう。ちょっと歩かないか?」

北島が先に歩いたので、雄次は後をついていくことにした。

連れて行かれたのは、大宮公園のなかにある野球場だった。週末にはたくさんの人でにぎわうが、この日は水曜日だったからか、何人かランナーが公園内を走っているだけだった。

朝から日差しが強く、少し歩いただけで汗がにじみ出てくる。自動販売機で缶コーヒーを買うと、木陰のベンチに座った。

雄次が落ちついて話すことができたのは、北島の笑顔にはじめて会ったとは思えない人懐っこさを感じたからだった。

「十和子が何か迷惑をおかけしたのかな?」

「そんなことはないですよ。元気にやってくれています」

「本当かな? あの子は私に似て、気が強い。集団行動もそんなに得意じゃないだろう。皆さんに迷惑をおかけしてるんじゃないかと心配でね」

「たしかに、芝居に対する想いは人一倍強くて、それが集団生活では浮いてしまうことがあります」

「昔、あの子が演劇をやりたいっていったとき、ちょっとしたいい合いをしたんだよ」

「いい合いですか?」

「高校生のときだったな。当時はまだ久喜に住んでたんだが、ある日いきなり、お金をくれっていうんだよ。何だか東京から来た劇団の芝居を見て、えらく感動したみたいで、自分のやりたいことがやっと見つかったってしばらく大騒ぎでね」

「ぼくもその話は聞いたことがあります」

「金を出すのはいいが、何に使うんだって訊いたら、劇団の入会費にしたいという。すぐに行動するのはいいことだが、高校をやめると聞いて反対したよ。私も高校中退で苦労して、子どもを高校くらい出してあげるのが自分の義務だと思っていたからね。でもあの子の考えは違った。お父さんはズルいっていうんだ。自分のやりたいことをやって、高校も行かずに、離婚して子どもを放ったらかしにしている。そんなこといわれたら、強くいえなくてね」

「高校を中退したんですか？」

「いってなかったかな？」

「はじめて聞きました」

「いいたくなかったのかもしれないな。コンプレックスの強い子だから」

雄次は、十和子と出会ったときのことを思い出してみた。三年前だから、十和子がまだ二十歳の頃だ。

負けず嫌いな性格で、劇団経験のないことをバカにされるのが気に入らないらしく、何かと仲間といい合っていた。

「もうずっと会ってないんですか？」

「ちゃんとしたかたちではね」

「というと?」

「こんな仕事をしていると、町中いろんなところを走るだろ。そのうち目をつぶっても走れるようになるっていうのは大げさな話じゃないんだ。顔見知りだって増えてくる。三日連続で、同じ場所で当たったお客さんもいるくらいだ。あの子のこともよく見かけたよ」

「偶然ですか?」

「もちろん。最近の話じゃないよ。ちょっと前の話だ。大きな荷物を抱えて歩いてたから、演劇の帰りだったのかもしれないな。私の憶えている十和子はいつもくたくたに疲れていてね。汚い恰好をして寝ながら歩いているようだった」

「乗せてあげればいいのに」

「私だってそう思ったよ。何度ブレーキをかけようとしたかわからない。でもそんなときに限ってお客さんが乗っててね。止まれなかった。もし止まってたら、どんな顔しただろうなって思うときもあるけどね」

「お客さんが乗ってなかったら、どうしてましたか?」

「どうしてたかな。止まってたかもしれない。いや、止まってなかったかもしれないな。あれだけくたくたになって歩いている姿を見たときに、この子は幸せをつかんだなっていう気がしたんだ。そんなときに私が出るのは間違ってる。そう思ったような気がするな」

北島はコーヒーを飲むと、話を進めるように腕時計を見た。

「で、今日はどんな相談なんだい?」

「実は今、彼女がどこにいるのかわからないんです。二日前から劇団にも来なくなっちゃって、部屋にもいません。もしかしたらと思ってお邪魔してみたのですが」

「そうか」

雄次の言葉に驚きもせずに、北島は返事をした。

「私のところには来てないよ。来るとしても、たぶんいちばん最後なんじゃないかな。聞いているかもしれないが、別れる直前の私と死んだ妻の関係は最悪だった。もともとは私の女性関係が原因だったんだが、お互いが顔を合わせるたびに些細なことでいい合って、まだ小学生だった十和子にすれば、地獄のような毎日だったんだろう。あの子が私についてきたのは、べつに私のことが好きだったからじゃない。母親と住むより、気ままに暮らしていけると思ったからだ。決して頼りにしてるわけじゃないよ。たとえ親子でも、私との間に借りを作ることにものすごい抵抗があるんだ」

「そんなことがあったんですか」

「恥ずかしいが本当の話だ。親のいうことなんて信用できないかもしれないが、もう親ではないと思って聞いてほしい。あの子は今頃、必死で考えていると思うよ。誰かが何とかしてくれるなんていう甘い発想はしないはずだ。決して頭はよくないかもしれないが、バカではない。待っていれば、きっと自分なりの結論を出すよ」

北島は別れ際、念のためといって十和子の姉の連絡先を教えてくれた。数年前に病気で亡くなった母親の葬式にも顔を出さなかったくらいだが、たった一人の姉妹には何か相談しているかもしれないという。

雄次はお礼をいうと、北島に頭を下げた。帰り道を歩きながら、少しだけ十和子に近づいているような気がした。


公園タクシーを出ると、雄次は劇団の事務所に向かうことにした。まだ十時を過ぎたばかりなので、事務所には誰もいないだろう。ほとんど高津三郎に任せっ放しにしていた冷蔵庫の件も、状況を確認しておきたかった。

前日電話で話したときには、高津三郎はワンドアの冷蔵庫を改修して、古い冷蔵庫を作るといった。細部のデザインを修正し、放熱板をつけ、古めかしくする。そんな作業に没頭している姿を想像すると、申し訳ない気持ちになった。

事務所に入ると、稽古場から物音がしたような気がした。稽古は一時からなので、午前中に出入りしているとすれば、前日の作業が終わらなかった見習いが早く来ているくらいだろう。

そう思いながらも歩く足が速くなったのは、もしかしたら十和子かもしれないという思いがあったからだ。

稽古場に入ろうとする雄次の耳に入ってきたのは、叶実絵子の声だった。一人で黙々とセリフの練習を繰り返している。真剣な様子に声をかけるのをためらっているうちに、叶と目が合ってしまった。

「あら、来てたの?」

「すみません、邪魔だったですね」

「べつにいいわよ。ちょっと気になるセリフがあって、確認しておきたかっただけだから。これから仕事？」

「少しやることがありまして」

「会社行きながらだと大変ね。まだ誰も来てないわよ」

叶はタオルで汗を拭きながら、近くの椅子に腰をかけた。

びっしりと、Tシャツに汗をかいている。普段は一人で稽古している姿を見せないだけに、今回の芝居にかける意気込みが伝わってくるようだった。

「約束してるわけじゃないんです。舞台道具を見ておきたくて」

「冷蔵庫のこと？」

「はい。適当なのを探すことができなかったので、三郎さんが手を加えているところです。どんな仕上がりかと思いまして」

「私はまだ見てないけど、けっこう本格的にやってるみたいね」

「ほとんどゼロから作ってるはずです」

「高嶺さんはどうなの？　満足しそう？」

「それはまだわかりません。最後まできちんとしたものを作って、後は判断してもらうしかないです」

「どんな判断が出るか楽しみね」

他人事のようないいぶりのなかに、成り行きを楽しんでいるように思えるところは相変わらずだった。

「あの子はどうしたの?」

「十和子ですか?」

「いなくなっちゃったらしいじゃない。今回の事件の責任感じて、やっとやめる気になったのかしら」

「本人と話したわけじゃないですけど、悩んでるんだと思います」

叶は雄次の話を聞きながら、ペットボトルの水を飲んだ。

「悩み多き年頃は大変ね。まあ、この歳になると、ああやって悩んでる姿がうらやましくもなってくるけど」

「大女優が何をいってるんですか」

「本当よ。あの子は目の前にまだ選択肢がたくさんあって、どれを選ぼうがまだいくらでもやり直しがきくじゃない。おばさんになると、そんな余裕もなくなるのよ。目の前の現実をしかたないって受け止めるしかないんだから。自分が情けなく思えて息が詰まりそうになったときには、こんな風に一人で稽古するのがいちばん安心するの」

「叶さんでも、情けないなんて思うことがあるんですか?」

「歳をとると、自分の将来が見えてくるからね。あなたにはまだわからないかもしれないけど、自分に失望することのほうが多くなる人生なんて、嫌なものよ。世間が期待するものとのギャップに、だんだん誤魔化しがきかなくなってね。ちょうど私みたいな四〇歳っていうのが、その転換点なんじゃないかと思うの」

雄次はうなずくこともできずに、ただ叶の顔を見ていた。

叶は、歳をとるほど世間の声が気になるといった。女優は、いつも自分と周囲の見え方とのギャップに悩んでいる。人生で何も経験していない自分が、知った顔で役を演じることに不安を感じない日はないのだと。

しかも有名になるほど、不安な顔ができなくなる怖さもある。叶が自分の弱さをさらけ出す姿が、雄次には不思議に思えた。

「とにかく今は待つしかありません。何か理由があるに違いないですから」

「さすが恋人同士ね」

「そんなんじゃないですけど」

「あの子も幸せね。私もそんな、優しいことをいってくれる彼が欲しかったわ」

「叶さんには、もっと素晴らしい方がいるじゃないですか？」

「誰のこと？」

叶は驚いた顔を向けると、雄次の表情に思い当たったように笑顔を見せた。

「もしかして、高嶺さんのことをいってるの？」

「違うんですか？」

「あの人とは、そんな関係じゃないわよ。尊敬できる仕事のパートナーっていったところかしら」

「つき合ってるのかと思ってました」

「変な噂を信じないでよ。私の病気のことは知ってるでしょ？　高嶺さんが、こんなに幸の薄い女とつき合うわけないじゃない。私だって自分の立場くらいわきまえてるわよ」

叶はペットボトルを脇に置くと、タオルをたたんで膝に乗せた。

がんで長く劇団を休んでいた叶が全国的に有名になったのは、闘病から復帰した後の演技が認められてからだった。

子宮がんが発見されたのは、身体のだるさに耐えられず、大事をとって精密検査をしたときだった。悩んだ末に子宮を摘出したのもつかの間、肺への転移が見つかり、翌年にはもう一度手術をすることになった。

その後リンパ節にもがんが見つかり、三度目の手術を終えるころには三年間が経過していた。せっかく仕事が増えはじめていただけに、働けないことが悔しくてしかたなかった。とくに劇団さんぴんちゃでは、自分が看板女優として劇団を守ってきたという思いがあるだけに、しばらく高嶺と目を合わせることもできなかったという。

「思い出すのは、完治して何ヵ月か経ってからよ。早く芝居がしたい気持ちはあるんだけど、自分の実力がもう通用しないんじゃないかって思うと、怖くて身体が動かなかったの。そんな気持ちが高嶺さんには不満でね。やる気がないなら今すぐやめろって大声で怒鳴られて。私ももう少し優しくしてくれたっていいじゃないっていう思いがあったもんだから、売り言葉に買い言葉で、やめるわよっていい返しちゃったの」

「本当にやめたんですか?」

叶はうなずいた。

「六年くらい前の話よ。あなたが入団してくる、ちょっと前じゃなかったかしら。お客さんからも私の存在なんて忘れられちゃってると思ったから、さっそくアルバイト情報誌をもらってきて、部屋で寝っ転がって読んでたの。そうしたら、心配してお見舞いに来た高嶺さんにものすごい剣幕で怒られたのよ。お前は、本当にそんな仕事がしたいのかってね。私だってしたいわけじゃないけど、この歳で無職っていうわけにいかないじゃない。そういったら、そんな態度が頭に来たみたいで、仕事っていうのはそんなに甘いもんじゃないって。だったら恥でも何でもかいて、思いっ切り芝居を続けてみろって。それでこの世界に戻ってきたのよ」

「高嶺さんらしいですね」

「本当よ。おかげで彼には、まったく頭が上がらなくなっちゃったっていうわけ。高嶺さんにやれといわれれば、何でもやるわ。そういう意味では、恋人以上に深い関係かもしれないけどね」

雄次は叶と高嶺との関係がようやく理解できたような気がして、思わず訊き返していた。

「病気になって、何がいちばん変わったんですか?」

三三歳になってすでに役者をあきらめかけていた雄次にとっては、叶の話が他人事に思えなかった。

「自分の人生に対する考え方の変化かな。簡単にいうと、欲を持たなくなったのよ。いちばんつらかった時期に高嶺さんから、生きる意味より死なない工夫をしろっていわれたんだけど、本当につらい経験をした人間には、この言葉の意味がよくわかるのよ」

「生きる意味より死なない工夫、ですか……」

雄次は、叶のいった言葉を頭のなかで繰り返した。高嶺がどこかで聞いてきたというその言葉の意味を理解できたとはいえないが、理解しようとする権利くらいはあるような気がする。

「私ね、子宮を摘出しちゃってるから、もう子どもができないのよ。医者にいわれたときには耐えられなくて死にたくてしかたなかったけど、高嶺さんにしてみれば、そんな感情が表現できる女優なんて私くらいしかいないのよね。どんな状況になったって、お芝居に活かせるのが女優っていう生き方の強みなんだって。そんなこといわれたらついていくしかないじゃない」

高嶺が演出した舞台への出演をきっかけに、叶は映画からドラマまで活動の幅を広げることになる。目の前にあるのは、本気で演技の世界を闘っている女優の姿だった。雄次は同じ劇団で見飽きているはずの叶の笑顔を、はじめてじっくり見たような気がした。

事務所を出たのは、一一時過ぎだった。

北島に教えられた十和子のお姉さんに連絡したかったが、会うには時間がなかった。メモに書かれた勤務先までの距離を考えると電車で片道五〇分はかかるだろうし、駅からタクシーに乗っても一時間は想定しておく必要がある。

すぐに時間が取れて三〇分話ができたとしても、往復で三時間はかかる。会社は二日連続の遅刻だ。すでに連絡はしてあるが、成りすまし事件のことを考えると午後も休めるような状況ではない。

「代理さんは?」

「まだ来てないのよ」

会社に電話を入れると、宮原志穂が出た。いつもの彼女だったが、いいづらそうな話し方が意外だった。

「何も連絡がないのか?」

「携帯には出ないし、マンションに電話しても反応ないわね。江口さんが心配ないだろうっていうから本社には伝えてないけど」

「昨日はどうしてたんだ?」

「渉外で出たまま、結局戻ってこなかったみたいなの」

「おかしいな。外山さんと一緒に出たんじゃないのか?」

「そうみたいなんだけど、今日は外山さんも来てないのよ」

「彼女も無断欠勤か?」

「彼女のほうは、本人から風邪で休むっていう連絡があったらしいの。昨日は二人で長く話をしてたし、何かあったんじゃないかな」

「支店長代理が連絡取れないんじゃ、さすがにまずいよな?」

「そう思うんだけど、江口さんは、業務に支障が出ない限り、まだ動くなって」

「わかった。いったん戻るよ」

雄次は携帯を切ると、タクシーを止めようとして手をあげた。

前日雄次が午後から出社したときには、すでに美月は外出していて何も話せなかった。だとすると、もう二四時間は誰も美月に接触していないことになる。「外出」と書かれたホワイトボードを思い出して、嫌な予感がした。

成りすまし事件に関して、動きがあったに違いない。美月は何かを突き止めようとして、外山由美と外出したのだろう。

おそらく、スタッフにいえない事情があるに違いない。由美だけを連れて行ったのは、監視ビデオに映っていた男と何らかのつながりを発見したからだろうか。

支店に戻ると、小笠原のデスクで三木田と宮原がパソコンをのぞき込んでいた。

「こいつよ。この男を探しに行ったんじゃないかと思うの」

「外山さんの知り合いだったってこと?」

「じゃあ、彼女もグルだったとか?」

「それはわかんないけど、二人で行く先なんてほかに考えられないでしょ?」

「代理さんが、何でそんな警察みたいなことをしたんですかね?」

「金を取り返しに行ったとか」

「もしヤクザさんたちとつながってたら、かなりヤバいわよね」

「もう、やられちゃってたりして」

「憶測でものをいうな」

三木田の言葉に、江口一雄が怒鳴りつけた。

「代理さんが、事件について由美と話してたのは事実なんだろ？」

雄次は荷物を置くと、自分の席に座った。

「ブースのなかだったから詳しいことはわからないけど、漏れてくる話を聞く限りはそんな雰囲気だったね」

「とすると、何らかの手がかりを得て、二人で出かけたか」

「何らかって？」

「ありうるのは、この男の居場所だ」

「そんなことわからねえだろ。外山さんが関わってるかどうかだって怪しいんだ。支店長代理のくせに、支店に何の連絡もないほうが大きな問題なんじゃねえか」

「連絡できないような状況にいるかもしれないじゃないですか」

「どんな状況だよ？　いずれにしたって、大騒ぎするような問題じゃねえ。今は待つのがいちばんだ」

江口が大きな声を出すと、みんな何もいえなくなる。大宮駅前支店のスタッフの間では江口のいうことが絶対で、今まで彼に従うことで何とかやってきたともいえる。

このとき本社からの電話に出ていなければ、いつもどおり雄次は成り行きを見守ることに徹していただろう。

会社で必要なのは、何がしたいのかではなく何をすべきかだ。自分の役割が決められていて、その責務をいかに忠実にこなすかだけに神経を巡らせていればどれだけ楽かわからない。

でも、今は違うような気がした。自分の役割が変わりつつあって、そんな変化から顔を背けようとしても、この違和感は放っておくことができそうになかった。

「田村君はいる?」

受話器から伝わってくる平井部長の声は、いつも以上に機嫌が悪そうだった。美月のデスクを確認すると、同じ折り返しのメモが何枚か置かれていた。

「席を外しておりますが、いかがいたしましょうか?」

「席を外してる? 会社にはいるんだな?」

「わかりません」

「わかりません? お前、同じ支店で働いてるんだろ? 何でそんなこともわからないんだよ?」

「今出社したばかりなものですから……」

「出社したばかりだって、いるかいないかくらいはわかるだろ。さっきから何回も電話してるんだよ。俺からの電話だったら、どれだけ大事な用件かわかるだろ。至急電話するように伝えておいてくれ」

「加藤康之さんの件でしょうか?」

「はぁ？」

「成りすましの件じゃないかと思いまして」

「何か知ってるのか？」

「私が担当の仲本です。ご迷惑をおかけして申し訳ございません。私でわかることがあれば、何でも訊いてください」

「お前が担当か。適当な審査をしてたらしいな。お前たちのせいで、こっちはさんざん苦労してるよ。直接審査したのが外山とかいうスタッフなのかお前なのか知らないが、誰の責任かははっきりさせておけよ。会社に与えた損害はきっちり払ってもらうからな」

「誰の責任かより、なぜこんなことが起きたかのほうが、重要なんじゃないんですか？」

「なぜ起きたか？　そんなこと知ってどうする？　金が返ってくるのか？」

「……」

「これえだろ。必要ないことに時間をかけてる暇はないんだよ。自分たちの責任を棚に上げて、偉そうなことをいうんじゃねえよ」

「今回の件に関して、社内の人間に悪意があったわけじゃないと思います。どのような経緯でこの事件が発生したのか、田村さんは必死に調べてるんです」

「もしそれで会社の損害が回避できるっていうなら、是非ともお願いしたいところだ。そうじゃないなら、無駄なことしないで金だけ取り返して来い。できないならさっさと責任者のクビを切って訴える。それだけ伝えておいてくれ」

平井は一方的に電話を切った。自分たちの存在を何とも思っていないことにただ茫然とするしかなかった。自分たちをバカにした、こんなやり方を絶対に許すわけにはいかない。

「ちょっと出てきます」

「どこに行くんですか？」

「外山さんの部屋だよ。正しいかどうかわからないけど、少しでも手がかりがないか確認しておきたいんだ」

「勝手なことはするな。今動いたって徒労に終わるだけだ」

「わからないじゃないですか。何もないのに代理さんが、無断で会社を休むわけないですから」

「そんなことは、社員の連中に任せておけばいいんだ。誰の責任にするか押しつけ合うだけだろ。下手に動くと巻き込まれるだけだ」

「外山さんの無実を示すために動いてるかもしれないんですよ」

「あいつがそんなことするわけねえだろ。スタッフ全員のことを考えろ」

いつもどおりの、江口の言い方だった。スタッフの利益を第一に考えて行動することで、今まで支店の契約社員が平和に暮らすことができた。でも本当にこのままでいいのだろうか。

「ぼくにはできません」

雄次は由美の家の住所を確認すると、大宮駅に向かった。

自分の行動が正しいのかどうかわからなかった。午後から何件か連絡しなければならない顧客がいたし、時間があれば劇場での舞台作りを手伝いたかった。

本番二日前になると、大道具や照明の仕込みを行う必要がある。また十和子の行方もわからないままだ。やるべきことがたくさんあるのに、美月を探すことを優先させている自分が不思議でならなかった。

大宮駅西口に向かう連絡通路を走りながら、雄次は美月の携帯に電話してみた。予想どおり、着信音すら鳴らずに留守番電話に切り替わった。おそらくバッテリーが切れているのだろう。雄次は、祈るような気持ちでニューシャトルに飛び乗った。

なぜ美月は、外山由美をかばおうとしたのか。それが雄次には不思議だった。すべてを由美の責任にすることもできなくはなかったはずだ。そう考えると、自分のことばかり考えているのが情けなかった。

雄次はメモした由美のアパートの場所を車内で確認すると、加茂宮駅から駆け出していた。商店街のない駅前には、ほとんど通行人がいなかった。閑散とした通りを走っているのは自分だけだったが、気にしている余裕はなかった。

コンビニのある信号を超えると、緑道沿いの道をひたすら走った。五分ほど走ると公園があり、右に曲がったところにある建物が由美の住むアパートのようだった。雄次は階段を駆け上ると、迷わず玄関のドアを叩いた。

「誰かいますか?」

とっさに出た言葉が今の状況にはいちばんふさわしいような気がして、雄次は何度も繰り返した。

あまり派手に叩くと近所が騒ぎ出すのは目に見えていたが、そうでもしなければ反応がありそうな気がしなかった。

ドアを開けてみたのは、何気ない気持ちだった。鍵がかかっていないことがわかると、雄次は部屋に飛び込んだ。日当たりが悪いからか、部屋のなかがよく見えない。電気を点けると、足の踏み場もないほど散らかった室内の様子に嫌な予感がした。

「代理さん、いるか?」

玄関からゆっくり奥に進むと、奥の部屋にテーブルが見えた。隣の部屋にはベッドがある。廊下を進んでいくと、両手足を縛られた姿勢のまま倒れている美月が目に入った。

「大丈夫か?」

雄次は駆け寄って、口に巻きつけてあるガムテープを外した。

「仲本君?」

頬を叩くと、確認するように美月が言葉を発した。

「何が起きたんだよ、いったい?」

「外山さんは?」

「誰もいないぞ。ここにいたのか?」

「一緒に来たのよ」

「慌てるな。ゆっくりテープを取るから、このままの姿勢でいろ」

「ありがとう」

話を続けようとする美月を止めると、雄次は目の周りのテープに取り掛かった。髪の毛がくっついて、テープをはがすのがやっかいだった。

「痛かっただろ」

「ちょっとね」

「こんなにやられちゃって、ちょっとなわけないだろ」

「たいしたことないわよ。それより外山さんが……」

テープをはがす雄次の手つきが急ぎすぎだったのか、美月が悲鳴をあげた。

「ごめんごめん。いったんこれで見えるだろ。ゆっくり目を開けてみろ」

「……」

「見えるか？」

「見え、る」

美月はゆっくりと目を開けると、雄次の顔を見た。

「はっきり見えるか？」

「うん。仲本君のカッコ悪い顔がちゃんと見える」

「人のこといえるかよ。お前こそ、とんでもない顔してるぞ。ボッコボコにやられてるじゃないか」

「これでも善戦したのよ」

「無理するなよ」

「どうしてここがわかったの？」

足のテープを外していると、美月が訊いた。

「たまたまだ。外山さんと二人で外出したって聞いて、もしかしたらって思ったんだ。彼女もグルか？」

「違うと思う。おそらく男に連れていかれたのよ。彼女はただの被害者よ」

「犯人と一緒になって、俺たちをだまそうとしてたってことはないか？」

「それはないわ。勇気を出して教えてくれたの。彼女のほうが心配よ」

「何でこんなことに……」

「私の判断ミスね。話が通じる相手だと思ってたの。こんなこと、資金回収マニュアルには書いてないんだけどね」

「無茶しすぎだよ」

「ただ信じてみたかったのよ。彼女にこんなことをさせる奴が許せなかったの。私の責任ね」

そんなことないよ。そういおうとして美月が苦しそうな表情をしたので、雄次はもう一度寝かせると救急車に連絡した。

「すぐに助けに来るから、しばらく休んでろよ」

「それより警察に電話して。このままじゃ、彼女のほうが殺されちゃうから」

「わかった。すぐに呼ぶよ」

「大丈夫かなあ？」

「大丈夫だ。絶対に捕まえてくれるから、何も心配するな」

「そうだよね」

雄次が電話している姿を見ると、安心したように美月は目を閉じた。

第九章　九月一六日（木）

田村美月が目覚めたのは、一一時過ぎだった。

前日は外山由美の部屋から救急車を呼び、警察の取り調べと病院での検査を終えると、夕食後すぐに病室のベッドで寝入っていた。七時に眠ったとすると、一五時間以上寝たことになる。

時計を見た瞬間に思い出したのは、ティッシュ配りのことだった。自分がいなかった二日間、きちんと対応してくれているのだろうか。電話を入れてみたい気がしたが、頭がぼんやりして携帯がどこにあるかもわからなかった。

「目を覚ましましたか？」

ベッドの周囲を見回していると、三木田俊文が病室に入ってきた。

「三木田君」

「ビックリしないでください。もう病院だから、大丈夫ですよ」

「何でここにいるの？　外山さんは？」

「彼女も大丈夫です。宿泊したホテルで監禁されていたのを、無事に保護されてます。べつの病院に入院しているみたいです」

「ケガは大丈夫？」

「かなり外傷が残ってますけど、意識ははっきりしてるみたいですよ」

「そう……」

「早く見つかってよかったです」

三木田の返事に、美月は全身の力が抜けていくようだった。

「会社は休み？」

「まさか。代理さんがピンチだっていうから、みんなで看病に来てるんです」

「みんなって、会社の？」

「そうですよ。さっきまで宮原さんがいて、今替わったところです」

「ありがとう。仕事のほうは問題ないの？」

「どうにかやってますよ。もう期末が近いじゃないですか。契約件数の目標達成に向けて取り組んでるところです」

美月は上半身を起こすと、ベッドにかけられたプレートを見た。自分の名前の下に、入院日時と部屋番号らしい数字が記入されている。病院は聞いたことのない名前だった。

「ここは？」

「緑区ってわかりますか？　さいたま市の東のほうなんですけど、駅からバスと歩きで三〇分くらいかかる市立病院です」

「わざわざここまで来てくれたの？」

「江口さんの命令です。代理さんが回復するまで、看病を優先するようにって。会社のことは気にしないで、代理さんは休んでください」

「そういうわけにはいかないでしょ」

美月はベッドから立ち上がろうとすると、腰に痛みが走った。

「うっ……」

「ほらほら、無理しないでくださいよ。そんな身体で会社に行ったって、足手まといになるだけなんだから」

美月は三木田の言葉に、自分の服装を確認した。おそらく着替えさせてくれたのだろう。病院のロゴの入った寝巻がやけに白く思えた。

「お客さんもビックリしちゃいますよ」

三木田は恐るおそる、鏡を美月に向けた。顔の半分以上が包帯で覆われて、誰だかわからなかった。肌が見えている部分も赤く腫れ上がっているのは、殴られたからだろう。

「これは……」

美月は自分の気持ちを落ち着かせながら、昨日起きたことを頭のなかで順番に並べてみた。

「代理さんもすごいですね、女だけで乗り込むなんて。ネタにはなるけど、ボクだったら絶対にそんな無理はできないな」

「ただの見込み違いよ。もう少し話の通じる相手だと思ってただけ」

「会社のために闘うなんて、やっぱりエリートは違いますね」

「そんなんじゃないって」

会社のためにと思って行動したわけではなかった。外山由美がかわいそうだという思いも、少し違うような気がする。

ただ、バカにされているような気がしたのだ。このままでは、自分自身が我慢できない。そんな思いを、どう伝えればよいかわからなかった。

「この部屋かな？」

気づくと病室のドアが開き、大きな花束を持った小笠原伸江が顔を出した。

「小笠原さん」

「三木田さん。やっぱりそうだ。大きな病院ね。迷路みたいで、何回も往復しちゃったわよ」

「まだ交替の時間じゃないですよ」

「代理さんが心配で、早めに来ちゃったわよ」

小笠原は荷物をテーブルに置くと、ベッドのうえに座る美月に近づいた。

「ひどい顔して。三木田さん、この人本当に代理さん？」

「そうですよ」

美月が反応すると、小笠原が安心したように椅子に座った。

「聞いたわよ。ナイフを持つ犯人と闘ったんですってね」

「そんなに大げさなもんじゃないですよ」

「いきなり襲いかかってきたんでしょ？」

「椅子に縛りつけられたんで、何もできなくて……」

「ロープで？」

「ガムテープです。あれをぐるぐる巻かれると、どうやっても外せないんですよ」

「女性を殴るなんて、とんでもない奴ですね」

「本当よ。目隠しされて何も見えなかったんだから」

美月の説明に、二人は感嘆の声をあげた。

とくに立花とのやり取りについて、小笠原は好奇心を隠そうとしなかった。由美のアパートに入ってからの様子を、自分で作ってきたおにぎりを食べながら聞く姿は、友人の恋愛経験に耳を傾ける女子高生のようだった。

「そういえばあの犯人、捕まりましたよ」

「立花のこと？」

「昨日の夜です。横浜のコンビニで酒を盗もうとして、通報されたらしいです。堂々としてる割には無計画っていうか、バカですよね。何で外山さんが、あんな男に引っかかっちゃったのかが不思議なんだよな」

「残酷だけど、それが男と女なのよ。男のひどい部分に惹かれちゃったら、女はどうしようもないんだから」

「それにしたって犯罪者でしょ」

「そこにしか生きられない様が、魅力的に映ることもあるのよ」

「ボクには理解できないな」

「作家になりたいなら、そんな経験、買ってでもしておいたほうがいいわよ。でもこれからが大変よ。こんなことといったら悪いけど、ただの被害者っていう顔してるわけにはいかないでしょ。主犯はべつにいたとはいえ、会社から金をだまし取るのに手を貸したかたちになってるから」

「そうそう。監禁されてたっていってますけど、彼女の意思で一緒に逃げてたようにも見えるんです」

「共犯だっていうの？」

「怪しい部分が少なくないみたいなのよ。顧客情報が意図的に書き換えられているし、ほかにもいろんな個人データが持ち出されているみたいなの」

「共犯は考えにくいわよ。彼女は、立花の暴力が怖くていうことを聞いていただけだから」

美月は前日の暗闇を思い出した。由美の叫び声が聞こえてきそうで、耳をふさぎたくなる。

「動機がどうだったかはわからないけど、私は信じたいな」

「えっ？」

「変えたかったのよ。彼女も、自分を変えるために闘ったんじゃないかと思うの。中途半端な気持ちで、あんな怖い経験をしたとは思えない。死ぬかもしれない闘いを一緒にした仲間よ」

「……」

「べつに彼女に聞いたわけじゃないけどね、誰でも、何とかしなくちゃっていう思いを自分に対して持ってると思うの。私の場合は、仕事がうまくいかないし、彼との関係もパッとしなくて、いつかこんな生活が変わる日が来ないかなって思いながら、報われない自分を慰めてたの。でもそれじゃダメなのよね。目をつぶってでも前に進まなくちゃいけないときがある。それがもしかしたら今かもしれないって思ったんだ」

「代理さんも変わりましたよね。支店に来たときには、メチャクチャ嫌な奴だと思ってましたよ。たまにボクたちのことをバカにしたような目で見て」

「そんなことないでしょ」

「みんな警戒してたのは事実よね。でも、もう大丈夫。今では代理さんを仲間だって認める人ばっかりだから」

「本当ですか?」

美月が二人の顔を見ると、同時にうなずいた。

「もちろん。江口さんもですよ」

「あの人も?」

「口には出さないけど、代理さんが本社に戻っちゃうのを残念に思ってるはずよ」

「そうですか……」

小笠原の言葉に、美月ははじめて支店に来たときのことを思い出した。支店のドアを開けても、誰も振り向いてくれなかった。何を質問しても形式的な答えしか返ってこないやり取りが変わりはじめたのは、美月が一人で支店の入り口を掃除しはじめてからだった。

今までそんなことをした支店長はいなかったらしい。べつに美月がきれい好きだったわけではない。支店の人間として同じ立場に立ちたかったというのも、後付けの理由だ。あのときは、ただ本社の指示に従いたくないという、大人げない理由からだった。

平井部長は数字のことだけを考えろといった。自分がその立場だったら、同じことをいったかもしれない。でももう同じ立場ではないのだ。そう思うと、今までの自分を思いっきり否定して、無性にここでしかできないことをしたくなった。

「本社に戻っても、私たちのことを忘れないでくださいね」

「変なキャンペーンを考えついたりしないでね」

「何いってるのよ。そんなの決まった話じゃないから」

すでに美月が本社に戻ることが噂になっているのだろうか。異動が既定路線であるかのように話す二人が不思議に思えた。


二人が帰ると、美月は看護師の助けを借りて車椅子に乗った。エレベーターわきに誰もいない休憩室を見つけると、さっそく携帯電話に本社の番号をさがした。

今回の事件についての報告はされているはずだが、自分の口から話していない。平井部長がどんな感情を持っているか、想像すらできなかった。

「美月か？　大変な事件だったんだって？」

営業企画部の外線にかけると、たまたま奥沢卓馬が電話に出た。

いつもの低い声だったが、戸惑っているのは口調からすぐにわかった。美月の身体について気にかける言葉がないのに違和感があった。

「今は病院にいるの。しばらく入院するかもしれない。べつにそんな必要はないと思うけど、お医者さんの判断だから。様子を見て決めるつもりよ」

「背任の疑いがあるんだって？　ひどいスタッフがいるもんだな」

「それは調べてみなくちゃわからないわ。ただ結果として、会社に損失が生じかねない事態になってる。そのことを平井部長に説明しなくちゃいけないと思ったの」

「美月からの電話を、ずっと待ってたみたいだぞ」

「そのためにかけたの。代わってもらえる？」

美月の言葉に、卓馬が一瞬迷いを見せたような気がした。久しぶりの会話を事務的なやり取りだけで終わらせていいのかという気持ちは、彼にもあるようだった。

「ずいぶんゆっくりと休んでたみたいだな」

平井は電話に出るなり、冷たい口調で嫌味をいった。

「この度はご迷惑をおかけしました」

「本当に君は、会社に大変な迷惑をかけてくれたね。部下の背任というだけでも懲戒解雇に十分値するところだが、それに輪をかけて業務時間中に私用で外出し、部下を連れ出して乱闘騒ぎを起こす。あげくの果てには無断で欠勤だ。何度クビを切っても足りないくらいだ。まさか自分が、犯人を見つけたヒロインだなんて思っているんじゃないだろうな」

「まさか、そんなことは思ってません。手続き上の間違いを修正すべく、顧客に説明しに行っただけです」

「説明か。それで二日間も会社を無断で休むことになるとは、とんだ見込み違いだったな」

「その点はお詫びします。会社の損失を最小限に食い止める必要があると思っていました」

「もはや君をそこに置いておいても、役に立たないことがわかった。とはいえこれだけ騒がれてしまった人間をすぐにクビにするのも、世間体が悪い。しばらくうちの部署預かりとするから、退院次第荷物をまとめて帰って来てくれ」

「先週は営業を経験したほうがいいといって、今度は帰ってこいっていうんですか?」

「俺の期待を満足させることができなかったというだけのことだ」

「部長の期待には応えられなかったかもしれませんが、私は間違ったことをしたとは思ってません。同じ状況に置かれたとしても、もう一度昨日の行動を繰り返します」

「負け惜しみはどうとでもいえ」

「負けてません」

美月の言葉に、平井はしばらく口ごもっていた。スマホの向こうから、荒い息が伝わってくる。

「と、とにかくこれは、人事命令だからな。いいな」

口調は厳しかったが、こちらの態度をうかがっているのか、平井はなかなか電話を切ろうとしない。「失礼します」といって、美月が先に電話を切った。

「ちょっと、変な態度取られたら困るじゃないか。俺だって、君が戻って来れるように動いてたんだぞ」

慌てた様子で携帯にかけ直してきたのは、奥沢卓馬だった。優しい口調は以前と変わらないが、美月は同じように受け止めることができなかった。

「それはありがとう。でも本当にそれでいいのかと思ってね」

「何いってるんだよ。早く戻りたいんじゃないのか」

「もちろん、そう思っていたわ。こんな仕事で一生を終えるのは、どう考えたって割に合わない。あなたと一緒に働いてた頃が懐かしいわよ」

「だったらつべこべいわずに、平井部長の命令に従えよ」

「でも、こんな仕事にも出会わなかったら、もっとつまらない人生だったんじゃないかって思うの」

「そんなところにいて楽しいのか？」

「楽しくはないわよ。でもやりがいはある。使命感みたいなものかな」

「俺には理解できないよ。あんまり強く殴られたから、変なことに目覚めちゃったんじゃないのか？」

「そうかもしれないわね」

「おいおい、こっちは本気なんだぞ」

「一つだけいえるのは、もう休暇なんかじゃないっていうことよ。休みはおしまい。自分の気持ちをぶつけて本気で闘えるか、考えてみたいの」

奥沢卓馬の驚く表情が、目に浮かぶようだった。美月の思いがどこまで卓馬に伝わったかわからないが、もはやどうでも良かった。二人の関係が心地よく思ったこともあったが、もう一度戻りたいかといわれると、今はそんな気持ちになれない。

美月は鏡で自分の顔を見ると、こんな傷だらけの顔が新しく生まれ変わるにはちょうど良いかもしれないと思った。

仲本雄次が病院に見舞いに来たのは、五時過ぎだった。

美月は病室でずっと寝ているのに疲れて、車椅子で散歩しようとしているところだった。涼しい風にはためくカーテンの向こうに見える、夕方の空が気になっていた。さいたま市の東部にある病院ということは聞いていたが、どんなところか自分の目で確認しておきたかった。

昼食後に何度か一人で車椅子に乗る練習をしたが、身体がいうことを聞いてくれない。自分の体重を両手で支えようとしても、どうしても足が上がらないのは、ケガより筋力不足が原因だろうか。看護師に手伝ってもらっていると、遠くから雄次が歩いてくることに気づいた。

「ひでえ顔だな」

「しかたないでしょ、修理中なんだから。この際だから、顔の隅々まで直してもらおうと思ってね。なかなかない貴重な機会よ」

「失敗しないように気をつけろよ」

「そうなったら舞台で使ってよ。これから劇団でしょ?」

「最後の調整だ」

「明日から公演だったわよね？　舞台のセットは間に合ったの？」

「どうにか冷蔵庫は完成した。といっても、俺はほとんど何もしなかったから居心地悪くてな」

「でも良かったじゃない。かたちができあがって」

「これでもう、いい訳はできない。いい芝居をやるだけだよ。広報にとっても初日は重要なんだ。最初の客席の雰囲気で、公演全体の雰囲気が予想できるし、なぜかお客さんもそれがわかってる。見放されたらもう見に来てくれないシビアな連中ばっかりだ。目の肥えた観客をのめり込ませるような芝居にするには、初日の座席を満席にすることが大事なんだ」

「それは楽しみね」

美月は相槌を打ちながら、助けてもらったお礼をどう伝えればよいか考えていた。

「ぜひ観に来てくれよ。会社のみんなも来るぞ」

「治ったら行かせてもらおうかな」

「弱気なこというなよ。公演は一週間続く。暇でしかたないだろ」

「そう期待したいところなんだけど、こんな顔で行ったらおかしいでしょ？」

「誰も気にしないよ。演劇関係者かと思われるくらいだ。この世界はどれだけ目立つかが大事だからな」

「ありがとう。仲本君が助けてくれなかったら、どうなってたかわからないわ」

「それはお互い様だよ。代理さんのおかげで、犯人を捕まえることができたんだから。俺たちにとっても他人事じゃないからな。これから散歩か？」

雄次はごまかすように話題を変えると、お見舞いの品を病室に置いた。

「病室で寝てるのも退屈でね。どこでもいいから違う景色が見たくなったの」

「勝手に出歩いたって、迷子になってみんなに迷惑をかけるだけだぞ」

「病院がどんなところにあるのかもわからなくて、気になっちゃうのよ」

「支店からタクシーでも一五分はかかる陸の孤島だよ。一人で歩けるようなところじゃないぞ」

「そうなんだ……」

「俺がどこか連れて行ってやろうか？」

雄次は車椅子を押すと、出口に向かって歩きはじめた。

「開演前日って、忙しいんじゃないの？」

「少しくらい何とかなる。代理さんこそ時間は大丈夫なんだろうな？」

美月がうなずくのを確認すると、雄次は看護師に事情を説明した。病院の周囲を散歩する程度であれば、問題ないという。夕食の時間には戻ることを条件に、二人は受付を通って外に出た。

病院の正門の前は駐車場になっていた。面会に来た車が何台か停まっている以外は、空きが目立つ。雄次は駐車場を抜けると、緑道公園に入っていった。

美月には、いつもより数十センチ視線の低い世界が新鮮だった。ほんの少し低くなるだけで、世界がまったく違って見える。子どもや老人たちの表情が多彩に見える一方で、大人の顔が遠く感じられた。

「ここには来たことがあるの？」

「何回かね。担当のお客さんが近くに住んでるんだ。こんなことをいうとサボってると思われちゃうかもしれないけど、この辺は息抜きにちょうどいいんだぜ」

振り返ると太陽がまぶしくて見えなかったが、いつもの照れ笑いを浮かべているのだろう。歩くのがややゆっくりになったような気がした。

「市街地から少し離れただけで、こんなところがあるって意外ね」

「みんなそういうんだよ。すぐ近くにお寺もあるし、美味しい食堂もある。疲れたサラリーマンが休むにはなかなかだろ?」

そういわれて見ると、周囲の動きがのんびりしているように思える。ここにも自分の知らない生活があるような気がした。

「ティッシュ配りは、まだ続けてるの?」

「もちろんやってるよ。今日は俺の当番だ」

「一人だけ?」

「人手が足りないからな。さばくのは楽じゃないけど、話し相手もいないから集中できるんだ。問い合わせも増えているような気がするし」

「それはうれしいな。私だけ参加できないのが心苦しかったの」

雄次は緑道公園の先にある寺を抜けると、広場の前で立ち止まった。小さい子どもを連れた母親が、ボールを持って遊んでいる。よちよち歩きの姿がかわいらしかった。

「何で俺がこの会社で働きはじめたか、わかるか?」

「あなたのことだから、受付の女の子が可愛かったとかいうんでしょ？」

「それは否定しないな」

雄次は美月の反応に笑うと、近くのベンチに座った。かつては一人でも多くの顧客を獲得するために、消費者金融各社はこぞって受付嬢の獲得に力を入れたという噂だったが、今ではそんな余裕もなくなっていた。

「俺だって昔は、役者を夢見てたんだよ」

「今でも、目指してるんじゃないの？」

「もちろん、その気持ちは変わらないつもりだ。俺がいいたいのは、アルバイトしながらとかじゃない、本物の役者だ。これでもテレビドラマに出たこともあるし、ちょっとした映画に出演したことだってある。それなりに光ってた時期もあったんだ」

「すごいじゃない」

「自分でも頑張ってたと思うよ。でもこの世界は、それだけじゃダメなんだ。一本や二本映画に出た役者なんて星の数ほどいてさ、誰の目にも焼きつくような輝かしいものがないと、生き残っていけないんだよ」

「厳しい世界なんだね」

「二七歳ではじめて映画に出演して、それ以来がむしゃらにやってきたつもりだけど、気づけば映画や芝居でちょっとした役をもらうのが目標になっちゃってさ。大きな役が自分には回ってこなそうだって気づいたのは、ほんの数年前だよ。もしかしたら売れない役者って、俺のことかって思ってさ。三〇歳までに有名にならないと、この世界で生きてる意味がないくらいに思ってたから、現実に売れない役者でしかない自分を認めなきゃいけないときが来るなんて、想像したこともなかったよ。どうにか自分を受け入れることができるようになった頃に、この仕事と出会ったんだ」

「それが三年前ね?」

雄次はうなずいた。

「俺の強みは、話し方にあると思ったんだ。うちの会社は契約社員が渉外に出ることはないから、電話で説得するしかないだろ。これなら俺の強みが発揮できると思ってさ」

「役者さんだからね」

「これでも最初は苦労したんだぜ。一度はうちを利用したことのある顧客に電話していても、契約となるとなかなか応じてくれないんだよ。代理さんならわかると思うけど、五〇件電話して一件とれるかどうかっていう成功率だ。でもやっているうちに、話し方で違いが出ることがわかった。顔の見えないお客さんの声から、どんな話し方に効果があるか考えて、内容やトーンを変えていく。誰でも同じようでいて、しっかりと成果に違いが出るんだ。これなら、自分でもできそうな気がしてね」

「わかるわよ」

「たいしたことじゃないかもしれないけど、この仕事が三年続いたのだって、俺にしては奇跡みたいなもんだよ。何やっても長続きしなかったけど、今になって、次はどうしていこうかっていう目標みたいなものができた。そこに向かってもう少し頑張ろうって、自分を調子づけてるところだ」

雄次にとっての目標とは、どのようなものなのだろうか。考え込む表情に、美月は訊いてみたい気持ちを抑えた。

「十和子をずっと探してるとさ、ときどき俺は何やってるんだっていう気持ちになるんだよ」

雄次は立ち上がると、ゆっくりと歩きはじめた。

「彼女を見つけ出して、お前はいったいどうしたいんだってね」

「心配なんでしょ？」

「もちろん。でもいなくなったのもあいつの意志だ。正直いって、彼女が戻ってきたって、あの劇団に居心地のいい場所が見つかるとは限らない。それでも帰ってきてほしいって思うのは、俺が満足したいだけかもしれない」

「やめたら彼女はどうするの？」

美月は、体育館の事故後のいい合いを思い出した。

「わからない。彼女が自分で決める問題だ。でももしかしたら彼女なりに考えた結論があって、そこに進もうとしているのを、俺が無理やり引き留めてるだけかもしれない。彼女がいれば、俺はいつまでも自分にいい訳をすることができる。そんなことでいいのかって思ってさ」

気づくと目の前に、梨畑が広がっていた。収穫のシーズンが近いからか、丸々と太った果実が大事そうに紙に包まれている。

美月は雄次の反応を見ようと振り返ったが、予想外に思いつめた表情に目をそらした。おそらく自分がこれからとるべき選択肢を、見きわめようとしているのだろう。

目の前の梨畑を眺めながら美月が意外だったのは、雄次の悩む姿をうらやましく思う自分の気持ちだった。

「私も続けてみようかな」

「何を？」

「この仕事をよ」

美月は、今までぼんやりと考えてきたことを話していた。

「この支店にい続けるわけにはいかないんだろ？」

「どうして？」

「ぜんぜん利益を出してないから、大宮駅前支店がなくなるかもしれないっていう噂を聞いたことがあるぜ」

「厳しいのは事実よ。でも今私をいちばん必要としている場所が、この支店なのかもしれないって思うの」

「残ってくれるのか？」

「どうせ私が行く場所なんてどこにもない。だったらもう少しここで、どこまでできるか試してみたいって思ってね」

「みんな喜ぶよ」

「まだ決まったわけじゃないよ。本社がどんな反応をするかわからないから。自分の気持ちを伝えてみる」

ちょうど夕日が沈もうとしているタイミングで、夕焼けに染まった太陽が遠くに顔を出していた。梨の木の影が、長く美月の車椅子まで伸びていた。いつもより数十センチ低い太陽があまりにも美しくて、いつまで見ていても飽きなかった。

雄次は、何もいわずに車椅子を進めた。一歩進んでは橙の世界に包まれ、一歩進んでは木の陰に隠れる。橙と影の縞模様を横切りながら、美月は自分の気持ちが一つになる瞬間を心地よく感じていた。

週末にでも不動産屋と話をしてみようか。もしかしたら今日の前に広がる情景が、記憶にずっと刻まれるかもしれないと思った。

第十章　九月一七日（金）

公演初日は、朝起きる時間を決めるのがむずかしい。あまり早く起きても身体が休まらないし、遅すぎては緊張感がないような気がしてくる。普段と同じ時間に起きるのがいちばん落ち着くが、この日はそんなことを考える余裕もなかった。劇場は、与野にある市民ホールだった。そこそこの座席が確保できるうえに使用料が手ごろなので、多くの劇団が公演に使っている。

仲本雄次は前日、通し稽古が終わると皆川明に呼び出されていた。控え室に入ると、見習いが数人でパンフレットに修正テープを貼っているところだった。雄次が手にとってみると、北島十和子の名前が消されている。相変わらず行方のつかめない十和子の代わりに、べつの役者を立てることが決定したようだった。

「高嶺さんの指示でやってるのか？」

「はい……」

雄次の言葉に、見習いの表情がこわばった。

「そうか」

雄次は表情を殺して、パンフレットを戻した。

行方がわからなくなった月曜日から、すでに四日が経とうとしていた。出演者のちょい役が代わるくらいでここまでするかという気持ちが湧き上がる一方で、これ以上十和子のことで劇団に迷惑をかけるわけにはいかないと思うのも事実だった。

「お疲れさん。ついに本番だな」

「そうですね」

雄次の硬い表情に気を遣ってか、皆川が笑顔で話しかけてきた。

「相変わらず、手がかりはなしか?」

「そうですね。連絡もないです」

「何もいってなくて雄次君が怒るのも無理ないと思うけど、ギリギリの判断だったんだよ」

「わかってます。これ以上迷惑はかけられませんから」

「俺も反対したんだけどな……」

「代わりはどうするんですか?」

「そこなんだけどな、ちょっといいか?」

皆川がいいにくそうに控え室から出ると、雄次が後に続いた。

「高嶺ちゃんと話したんだけどね、雄次君にやってもらおうかと思ってるんだよ」

「ぼくですか?」

「そうだ。やってみたかっただろ?」

雄次は皆川の顔をのぞき込んだが、いつまでたっても冗談だよという言葉は出てこない。

「今からできるわけないじゃないですか」

「何でだい？　十和子ちゃんの稽古をずっと観てただろうし、セリフも覚えてるだろ？」

「それはそうですけど、自分がやるのはべつですよ」

「まだ明日の公演まで、時間は十分にある。君なら問題ないだろ」

「衣装はどうするんですか？」

「そんなの何とでもなるだろ」

訊いてから雄次は、学生の役なので普段着でも問題ないことを思い出した。男か女かという点も、芝居の流れに大きく影響するものではないだろう。

「やってみたかったんだろ。高嶺ちゃんも見てみたいんだよ。断ることだってできるけど、チャンスだと思ってやってみればいいんじゃないか」

「でも……」

雄次は、皆川の言葉をどう考えればよいかわからなかった。

初日は夜だけの公演になるので、七時開演、開場は六時半だ。もともと受付と会場案内のサポートをする予定だったが、どちらも見習いの若手に頼めば済む話だ。チケットの販売も、今からバタバタしてどうなるものでもない。

だとすると問題は、自分の演技力だけだろうか。あれだけ役者にふたたび挑戦することを夢見ていたのに、いざその場になると逃げ腰になっている自分に嫌気がさした。

「もう一度、役者をやりたいんじゃなかったのかい？　そう聞いてたから、高嶺ちゃんもやらせてみようっていう気になったのに、違うなら相談しなければよかったかな」

「そういうわけじゃないんです……」

「じゃあ、決まりだ。高嶺ちゃんに報告しておくから、しっかり準備しておいてくれよ」

皆川は雄次の肩を叩くと、控え室に戻っていった。

雄次はバッグを取りに行くと、台本を手にしてみた。出演しなくなって以来、台本に書き込みを加えながら読み込むこともなくなっていた。舞台に立つのは、約一年ぶりだ。

「世間って、いったい誰のことをいってるの？」

何度も十和子の口からきいてきたセリフだ。たったひとことだけだが、自分でいってみると感情の入れ方が微妙でむずかしいように思えてくる。

尻上がりにいえば、判断をゆだねているようだし、逆にすれば自分の考えを主張しているように聞こえる。十和子はどんなことを思いながら、このセリフを口にしていたのだろうか。十和子の顔が、頭をちらついて離れなかった。

「おはよう。どうだ、調子は？」

ホールの廊下でセリフ出しをしていると、高津三郎が通りかかった。

「なかなか感覚が戻らなくて。いろいろすみません」

「いいのいいの。大抜擢みたいじゃないか」

「十和子の尻拭いですよ」

「こっちはだいたい終わったよ。なかなか立派なものができただろ」

三郎は、笑いながら舞台上の冷蔵庫を見た。ここ数日は、ほとんど徹夜で作業してきたのだろう。仕事を終えた充実感が、笑顔に表れていた。

「もう壊さないでくれよ。今度ばかりは替えはないから」

「わかってます」

「十和子ちゃんがいなかったから、さみしかったよ。彼女、舞台道具のアシスタントやってただろ。何か作るときには必ず彼女がいてさ、走り回ってくれてたんだよ。こんな事故起こして、何やってんだよって最初は思ったけど、やっぱり彼女がいないとしっくりこないんだよな」

「迷惑ばっかりかけてたんじゃないですか?」

「たしかに力仕事はできないし、モノづくりのセンスはないし、手先が器用なわけでもないし、本当に役に立たないんだよ。そう思ってイライラしてばかりだったんだけど、あのごまかすような笑顔を見てると、憎めなくてね」

「おっちょこちょいは昔からなんですよ」

「早く帰って来いって、連絡があったら伝えておいてくれないか」

「ありがとうございます」

三郎に頭を下げると、雄次は冷蔵庫だけになった舞台上を見た。

このまま本当に、何もなかったかのように本番がやってくるのだろうか。機材はすでに持ち込んであったので、セッティングは皆川や三郎に任せて舞台に集中することができた。

のどを痛めるわけにいかないので、本番前は早めに練習を切り上げる役者が多い。そんなことを考える余裕のない雄次は、ホールが閉まる時間までセリフの読み込みをしていた。

朝はいつもどおり、会社に行くことにしていた。

休むこともできたが、何件かお客さんに連絡する必要があった。また少しでも契約件数を進めておいたほうが、公演に集中できそうな気がした。

会社のドアを開けると、宮原志穂が不安そうな目を向けた。

「雄次さん。お客さんが来てるわよ」

「俺に？」

「加藤さんよ」

「加藤さん？　誰だろう」

宮原が小声でいったので、雄次も自然と声を下げて返した。

「例のお客さんよ。加藤康之さん」

「ホンモノっていうか、成りすまされたほうの？」

宮原が、無表情にうなずいた。

「クレームか？」

「わからないけど、かなり感じ悪いわよ」

「今はどこに？」

「いちおうブースに通しておいた。入れないほうがよかったかな」

「しかたないだろ。逃げるわけにはいかないんだから」

雄次は、デスクにバッグを置いた。

「大丈夫かい？　無茶しないほうがいいんじゃない」

事情を察した小笠原伸江が、心配そうな顔を向けた。訪問客の対応は契約社員のみで問題ないが、クレーム客には基本的に社員が対応することが決められている。美月が入院していることを考えると、頼れる人はいなかった。

「まずは話を聞いてきます」

みんなが心配そうに見つめるなか、江口一雄だけがパソコンの画面に見入っていた。雄次は軽くノックすると、ブースに入った。

「大変お待たせいたしました。私が仲本です」

「やっと来たか。ずいぶん待たされたよ」

加藤は空になったコーヒーカップを置くと、タバコを消した。灰皿にはすでに五、六本の吸い殻がたまっていた。

「たった今出社したものですから。申し訳ありませんでした。事前にご来社の旨お知らせいただければ……」

「昨日の夜にはじめて、お宅の本社の人からだまされてたって聞いたんだよ」

「それは大変失礼いたしました」

加藤は、薄手のジャンパーに革のパンツを履いていた。立てかけたギターから想像するに、趣味の延長でバンドをやっているような生活なのだろう。わざわざクレームに来るところからすると、時間に余裕のある生活なのかもしれない。長期戦になりそうだと覚悟するしかなかった。

「犯人が捕まったんだって？」

「はい」

「はいって、どうしてくれるんだよ？　あんた、俺が悪いみたいに決めつけてたじゃないか」

「申し訳ございませんでした」

「申し訳ありませんじゃ、済まないんだよ。傷ついたぜ。いわれのない金を払わされそうになったんだからさ」

「………」

「それが、お宅たちのやり方なんだろ？」

「そういうわけではありません。ただ私どものチェック体制が万全でなかったところに、問題があったのは事実です」

「簡単にいわれても困るんだよ。俺の心の傷は簡単には治らねえんだからさ。どうすればいいか考えてるんだろうな」

「どうすればといわれましても、次にお客様にチャンスをいただいた際には、最高のサービスをするしかないと考えております」

「そんな将来のことをいってるんじゃないよ。今、お前に出せる誠意を見せてみろっていってるんだよ」

「誠意ですか？」

「そうだよ。申し訳ないと思ってるんだろ？　だったらそれを今できるかたちに表してくれよ」

雄次は加藤の顔をじっと見た。よくいるタイプだった。普段はおとなしそうにしているくせに、強く出ることのできそうな相手には思い切り態度が大きくなる。

おそらく本人に何か狙いがあるわけではないのだろう。相手をバカにして、成り行きを楽しんでいるようにも見えるのがやっかいだった。

「申し訳ございません」

雄次は大きく頭を下げた。もとはといえば、何の罪もない相手だ。盗まれた健康保険証と銀行カードを悪用されたことで、事件に巻き込まれた。雄次がもう少し対応に気をつけていれば、もめることもなかったのだろう。

「そんなんで済むと思うなよ。適当にあしらっておけばいいと思ってるんだろ。バカにするんじゃねえよ」

「そんなつもりはございません」

「ウソつけ。何だかんだいって、心のなかじゃ、運が悪かったとしか思っちゃいねえんだ。威張りやがってよ」

「威張るなんて……」

雄次は意外な言葉に、引っ叩かれたような気分だった。

威張るなんて、自分以外の人間のすることだと思っていた。そんな人間といかにつき合わないかという選択をしてきた雄次は、対極の生き方をしてきたはずだった。

「金を貸してる立場にいるからって、偉そうにしてるんじゃねえよ。自分は被害者の顔して文句をいえない相手を徹底的にいじめておいて、何様のつもりだよ。俺も昔、少し借りたことあるけどさ、お前ら、偉そうなんだよ。いい気になってるんじゃねえ。少しくらいはこっちの気持ちにもなれっていうんだよ」

俺たちの気持ちもわかってくれよ。偉そうにしやがって。それはいつも雄次が、本社にいる社員たちに抱いていた感情と同じだった。そんなことをいわれる立場にだけは、なりたくないと思っていた。

「俺のブーツをなめろよ」

「えっ？」

「威張ってるつもりはないんだろ？　反省してるんだろ？　だったら態度で示せよ。お前らの業界ではよくやる誠意の示し方なんだろ？　やってくれよ」

雄次は加藤のブーツを見た。底の厚いブーツで、ところどころ泥がついている。加藤が椅子に座ったまま、足を差し出した。

「黙って聞いてりゃ、いい気になるんじゃねえぞ」

気づくと、江口がブースに飛び込んできていた。

「江口さん」

「財布を盗まれるあんたにも責任はあるだろ。それを全部こっちが悪いようなこといいやがって、あんたこそ何様のつもりだよ」

「何だよ、お前がこいつの上司か？」

「誰でもいいだろうが。説明する必要もないね」

「江口さん、落ち着いてください」

興奮した江口を止めると、雄次は加藤を見た。

「落ちつけって、これじゃ、いわれっ放しじゃねえかよ」

「ぼくにも責任がある話です。文句はいえませんから」

「こういう奴らは、少しでもいうことを聞けばつけあがるだけだ。誰にも相手にしてもらえねえもんだから、自分は客だって騒ぎ立ててるだけだよ」

「そんな口を聞いて許されると思ってるのかよ」

「ああ。あんたなんて客でも何でもねえよ。頼まれたって、一円たりともあんたと取引する気にならないね」

「金貸しの分際で何いってやがるんだ。それはお前が決めることじゃねえだろよ」

「いや、俺たちが決めることだ。俺たちはプライドを持ってこの仕事をやってるんだ。弱い人間を叩いて、金をむしり取るのが俺たちの仕事じゃねえ。金に困ってる人は誰でも助けてあげるのが、俺たちの仕事だ。ほかの誰にもできない仕事をしてるっていう自信があるからこそ、どれだけ世間に冷たくいわれたってやっていけるんだ。そんなことも理解できない連中とは、関わりを持ちたくねえ。もう二度とその顔を見せるんじゃねえぞ」

「ぼくの対応に問題があったのは事実ですから」

雄次は江口をなだめると、黙って加藤の前にひざまずいた。

「おい……」

江口の声が聞こえたが、自然と身体が動いていた。

おそらく何日も履き続けているのだろう。ムッとする匂いが漂ううえに、泥が飛び散って白く汚れていた。このブーツでトイレに入り、泥道を歩いたのかと思うと吐き気がしたが、後には引けなかった。

雄次は加藤の足を膝のうえに置くと、ゆっくりとブーツのつま先の部分を舐めた。

自分が人間でなくなる瞬間を感じたことがあるとすれば、このときをおいてほかにない。何よりも先に感じたのは、味覚よりも自分が犬になったような感覚だった。

ざらざらとしたものが舌を通して伝わってくると、自尊心やプライドや羞恥心といったあらゆる感情が取り払われて、自分には尻尾が似合うような気がしてきた。

「もういいよ」

加藤の蹴りで我に返ったのは、ひざまずいて何秒くらいたってからだろうか。

「辛気臭え顔しやがって。張り合いのねえ奴らだよ」

「あんたなあ」

むせかえりながら加藤にいい寄ろうとする江口を止めると、雄次は確認するように見上げた。

「これで勘弁していただけますか?」

「しかたねえな。相手にするだけ時間の無駄だよ」

いい捨てると、加藤はギターを持ってブースから出て行った。

雄次が立ち上がることができたのは、ドアが閉まって加藤が出て行ったことがわかってからだった。

「これでいちおうは解決ですかね」

「あんたも無茶するね」

「こんなことで満足してもらえるなら、安いもんです」

吐き気を抑えながらいったので、強がっているのがバレたかもしれない。雄次が給湯室でうがいをすると、江口が不思議そうな顔をした。

「何だか、雄次君も変わったな」

「そうですか?　自分も悪かったですから」

「でもあそこまでする必要はねえだろ。どうせもう来ることもないんだからさ」

「そうかもしれないですけど、何だか悔しくて。どうしても気が済まなかったんです」

話していると、ブーツをなめたときのざらっとした感覚が思い出された。

「江口さんもいってたじゃないですか。だまされて悔しい思いをしたことがあるって。正直いって、ぼくにはよくわからなかったんです。誰のせいとかおかげとか、仕事なんてそんなマジメくさってやるものじゃないって思ってたけど、やっぱりだまされたら悔しいんだなって。あいつの話を聞いてて、どうすればいいんだろうって思ったら、身体が動いてたんです」

「そうか……」

「でももう、何もいわせませんから」

江口がいいかけたのをさえぎるように口にしたのは、自分の気持ちにいい訳したくないからだった。目の前の相手に本気で立ち向かってみたら、どんな気分になるのだろう。そんな気持ちを大事にしてみたかった。


雄次が仕事を終えて劇場に行ったのは、一時前だった。四時から、最後の打ち合わせが予定されている。舞台では、若手の役者が何人か、早く来て動きを確認していた。

「おはようございます」

ホールの入り口を抜けて正面のドアを開けると、観客席が見える構造になっている。すぐに気づいたのは、役者の雰囲気の変化だった。

挨拶がよそよそしく、どことなく自分を避けているような気がする。着替えてストレッチをしていると、皆川明が肩を叩いた。

「ちょっといいかい?」

「はい」

雄次は立ち上がると、舞台裏から外に出た。

「十和子ちゃん、もうダメかもしれないな」

「どうしたんですか？」

「いちおう見つかったんだけど、もめそうなんだよ」

皆川の気まずそうな表情に、嫌な予感がした。

「ほかの劇団受けててさ。いくつか入団テストを落とされたっていう連絡が、俺の知り合いから入ってきたんだよ。べつの人間を通じて高嶺ちゃんにも噂が入ったみたいでさ、カンカンだよ」

「そんな……」

「気持ちはわからなくはないけど、タイミングが悪いよな。うちの芝居を放り出してほかに行ってるんじゃ、そりゃ黙ってられないって」

「そのことはみんなも？」

「聞いてるよ。役者も気が気じゃないよ」

雄次は叶実絵子の表情を思い浮かべた。今日はまだ見ていないが、話は耳に入っているのだろう。最後の望みが切れてしまいそうで、胸が痛かった。

「今、十和子はどこにいるんですか？」

「よくわからないけど、駅前のクラブで働いてるみたいだよ」

「クラブですか？」

「杉並ちゃんが、駅前銀座で居酒屋やってるだろ？　そっちの筋から入ってきた情報なんだってさ。あんまり俺も詳しくないから、杉並ちゃんに直接訊いてみるといいんじゃないかな」

「ありがとうございます」

皆川に頭を下げると、雄次はさっそく杉並達男の姿を探した。

雄次は、十和子の悔しそうな表情が思い浮かんだ。自分の実力より、いつも背伸びをしたがる性格だ。劇団さんぴんちゃのメンバーを見返してやろうという思いがあったのかもしれないが、これでは劇団員すべてを敵に回してしまう。

「ちょっと抜けてきます」

雄次は開演までの時間を確認すると、駆け出していた。

もう一度だけ十和子に会っておきたい。

杉並が教えてくれたお店に行けば、十和子が戻ってきてくれると思っていたわけではなかった。そもそも会ったところで、何といえばいいのかもわからなかった。

ただこのままでは、十和子が遠ざかっていくように思えてならなかった。本当にこれでいいのだろうか。十和子の思いを確認してみたい気持ちを抑えられずに、駅に足が向かっていた。

「ここか」

雄次は立ち止まると、目の前のビルを見上げた。大宮駅南口の繁華街にある商業ビルだった。スナックが何軒か入っているようで、原色を使ったけばけばしい看板が店の雰囲気を伝えていた。雄次は狭い階段を上がると、二階の店の扉を開けた。

「すみません」

呼びかけても、何の反応もない。もう一度声を大きくしていうと、背の高い男が出てきた。

「何の用だ?」

「人を探してるんですが、お聞きしてもよろしいですか?」

「誰もいないよ」

男は、雄次の話を聞く気すらないようだった。

「私の知り合いがこちらで働いてると思うのですが、少しだけ話をさせていただけませんか?」

「だから、いないっていってるだろ」

「お願いします。少しだけでいいんです」

「お前、しつこいんだよ。他人の店に黙って入って、何様のつもりだ」

男が威嚇するように近づいてきたが、雄次も視線だけは離さなかった。

「どうしたんだい?」

騒ぎを察したのか、和服を着た女性が出てきた。

「こいつがいきなり来て、女の子に会いたいっていってるんです」

「女の子?」

「はい。私の知り合いで北島十和子といいます。この店で働いているのを見たっていう友人がいるものですから、少しでも話ができないかと思ってきました」

「十和子ちゃんねえ」

「事情があるんです。お願いします」

「こんな店で働いてる女の子で、事情を抱えていない子なんていないよ。もしどうしても探したいっていうなら、通ってもらうしかないね。そのほうがあんたの誠意は伝わると思うよ」

おそらく店のママなのだろう。否定も肯定もせずに、雄次の反応を探っていた。

「そうしたいところなんですが、今は時間がないんです。どうしても伝えたいことがあって……」

「勝手なことといってるんじゃないよ。あんたみたいなのがたまに押しかけてくるけどさ、いうことはいつも一緒だよ。大事な用事がある。どうしても会いたい。こんなことをしてる場合じゃない。そんなに大事だったら、何で今まで何もしなかったんだっていいたくなるよ」

「それは……」

「どんな関係なのか知らないけど、どうせずっと放ったらかしておいて、今になって困ってるんだろ」

雄次は女性の言葉に、自分なりの説明を考えてみた。どれだけ自分にとって十和子が大事で、いなくなった彼女のことを探してきたか。でもなぜ、彼女を取り戻さなければいけないのだろう。役者の代わりは、ほかでもない自分に決まった。劇団に残ることが、彼女にとって最良の選択といえるのだろうか。いつまでたっても、考えがまとまりそうになかった。

「雄次？　ちょっと、どうしたのよ」

気づくと、十和子が驚いた表情で立っていた。たまたま開店準備をしているところだったのだろう。派手な衣装に、顔だけがいつもの素顔だった。

「あんたのことを探しに来たんだってさ。大事な用事があるみたいよ」

「探しに来たって、これから仕事よ」

「芝居はどうするんだ？　みんな待ってるぞ」

「どうするって何よ。噂で聞いたわよ。雄次が代わりに出るんじゃないの？」

「皆川さんにいわれて俺も準備してるけどさ、本当にそれでいいのか？　この日のために、今まで練習してきたんだろ？」

「べつにもういいわよ。雄次が出られるなら、それでいいじゃない」

十和子は話しながら、床に落ちていた紙くずを拾った。

「俺の問題じゃないよ。お前はどうなんだよ。芝居がやりたいからこそ、ほかの劇団も受けたんだろ？」

「そんなことまで調べてるの？　本当に暇な人たちね。そういうおせっかいなところが、ウザいのよ」

「お前のことを心配してのことじゃないか」

話を聞いていたママが目くばせをすると、男は黙って立ち去った。

「心配する必要なんてないよ。私なんか迷惑かけてばっかりだから、いなくなったほうがいいんでしょ。だから自分から、ほかの劇団探して回ってるんじゃない。追い出しておいて、そんなこともしちゃいけないっていうの、おかしいよ」

十和子は、ドレスの袖をつかんで顔を赤くした。興奮したときの十和子の癖だった。

芝居のことになると、人前もはばからずに感情をあらわにする。雄次は、そんな十和子が無性に愛おしかった。

「もう一度やり直せないかと思ってさ」

「何をやり直すの？」

「芝居だよ」

「またあの劇団に戻れっていうの？　何のあてもないのに見習いを続けろっていうの？」

「……」

「今までどおり何もなかったように、みんなの前で無邪気にふるまえっていうの？　そんなことできるわけないじゃない」

「すぐにほかの劇団に入れるわけでもないんだろ？　だったら籍だけは今のままにしておいてさ……」

「そんなこと私だって考えたよ。余計なお世話だよ。若いうちはチャンスがあるから、何でもチャレンジしてみろって雄次もいってたじゃない」

「現実はそんなに簡単じゃないって……」

雄次は続けようとして、口を閉じた。先輩面して人生の教訓を話すことを、どれだけ嫌っていたかを思い出したからだった。

「もう嫌だな。こういう雰囲気って、好きじゃないよ。私のことなんか心配する余裕あるの？自分だって、やることがたくさんあるんでしょ」

「もちろん余裕があるわけじゃないよ。でもこんなかたちで放り出したら、十和子が後悔するんじゃないかと思ったんだ」

「後悔なんてしないよ。もうさんざんやってきて、自分の能力がないことくらいわかってるって。あんなところにいたって、いつまでたっても女優になれないのがわかって、何だかバカらしくなっちゃったんだよ」

「本気でいってるのか？」

「本気に決まってるじゃない。悔しいけどさ、それが私の実力だよ。そんなことにも気づかないほどバカじゃないって。でもあきらめられないんだよ。自分の夢なんて放り出しちゃえば楽になれるんだろうけど、やっぱり舞台が好きなんだよ。気がつくとお芝居のことばっかり考えてて、何か自分にできないかって考えたらほかの劇団を受けてみるしかなかったんだよ。カッコ悪くもがく姿までなくなったら、自分じゃなくなっちゃう気がしてさ。それくらいしたっていいでしょ。そんなこともダメだっていうの？　いつか絶対にあいつらを見返してやるわよ。私をバカにした連中を、思いっ切り後悔させてやるんだ。みんなが大好きだけど、だからもう会わないって決めたのよ。それが私なりのけじめなの」

「十和子……」

「何よ、そんな目で見ないでよ。私が考えて決めたことなんだよ。誰にも文句はいわせないよ。雄次だってそう思うでしょ」

「そうかもしれないけどさ……」

「もういいだろ？　これ以上話してもしかたないよ」

ママが割って入ってくると、雄次はいうべき言葉を失った。もしかしたら、本当に十和子は戻ってこないかもしれない。そう思ったのは、別れ際にあらためて、彼女が髪の毛の色を落としたことに気づいたからだった。十和子はじっと雄次を見ていた。もともと挨拶をするのが苦手だった。かしこまった感じが嫌なのよ。そういっていつも逃げるように立ち去っていただけに、雄次を見つめる十和子を遠く感じた。

雄次は今日が舞台の初日であることを伝えると、ママにお辞儀をして外に出た。


「やっぱりダメだったか」

雄次の報告を聞くと、皆川はため息をついた。

「ここまで話して考えが変わらないんですから、これ以上はむずかしいかもしれません」

「そうだろうな。十和子ちゃんなりに、考えたうえでのことだったんだろ」

「………」

「この前も話したけどさ、いいタイミングだったのかもしれないと思うんだよな。芝居なんてやってると、人生を切り替えるのがむずかしいだろ。今は楽しいかもしれないけど、楽しいだけじゃすまなくなるときがくる。潮時っていうんだろうな」

「そう思いたくないですけどね」

「そのうちわかるときが来るよ」

雄次はうなずくと、頭を切り替えるようにセリフを口にしてみた。

昨日から、何百回と練習してきたセリフだ。もう二度と忘れないような気がしたが、本番前は何度繰り返しても足りない気がする。

スタッフはみな、劇場内の掃除に入っていた。観客席や床を拭き、会場を整理する。全部で一五〇席ほど確保できるホールだが、椅子の配置が重要だ。

どれだけ多くの席を確保できるかが劇団の収入につながるが、あまり詰め込んだのでは落ち着いて観られなくなってしまう。

高嶺と皆川が会場の一つひとつを確認し、不備があれば見習いに指示していた。一時間後には、公演はもうはじまっている。後は役者がそれぞれのセリフや動きを確認するだけだ。

舞台上はスタッフが照明や音響の最終調整に入るので、役者は楽屋で衣装やメイクの準備をする。たいした準備の必要ない雄次は、開演直前まで劇場の外でセリフの練習をするつもりだった。

最後に気になるところがあるとすれば、話しかけるタイミングだった。雄次は主人公の学生に驚きながら、場所を移してセリフを発する。

歩きながら話すセリフは棒読みになりがちだし、感情を込めて話すと、歩きながら話すという設定に無理が感じられるようになってしまう。

高嶺は役者のセリフや気持ちには厳しくコメントするが、立ち位置や動きについては役者の自主性に任せていた。あまりに見苦しいときにはコメントするが、何もいわれないのがかえって不安だった。

ある青年に話しかけられていることに気づいたのは、そのときだった。

「すみません、この劇団の方ですか?」

学生だろうか。ジーンズにTシャツという地味な服装だったが、じっと相手をのぞき込むような目が特徴的だった。

「そうですけど……」

「公演はこれからですか?」

「七時からだね」

「チケットはまだ残ってますか?」

「どうだったかな。今日が初日だから、もうないかもしれないな。ちょっと待ってて」

雄次は急いで受付に行くと、販売状況を確認した。すでに開場時間になって、お客さんが入りはじめている。劇団員が頑張った甲斐もあって、当日販売分はすでに売り切れだった。

「申し訳ないけど、もうないみたいだね」

「そうですか……」

青年は、残念そうに貼ってあるポスターを見た。

「うちの劇団に知り合いでもいるの?」

「そういうわけじゃないんですけど、ほかの劇場でチラシをもらって面白そうだなって思って」

「そうか。昨日までは少し余裕があったんだけどね。今回は評判がいいみたいなんだ」

ポスターを作ったのは自分だといいたかったが、青年の真剣な表情に雄次は何もいえなかった。

たまに劇団に飛び込んでくる人間に、こういったタイプがいる。ギラギラした目でポスターを舐めるように見ては、劇場の周囲をうろつく。芝居が好きでしかたなくて、少しでも劇場の雰囲気を吸収しておきたいのだろう。

「明日の分はまだあるみたいだよ」

「明日は用事があって、来れるかわからないんです」

「お芝居をやってるの？」

「ぼくですか？」

質問に驚いた顔をする青年に、雄次はうなずいた。

「まだやったことないけど、いつか本格的にやりたいと思っています」

「観るのは好き？」

「大好きです」

青年の隠さない笑顔に、演劇に対する愛情が見えるようだった。

「ぼく、以前にもこの劇団のお芝居を観たことがあるんです」

「どの作品だろう？」

青年は一年以上前に公演した、劇団さんぴんちゃの芝居の名前を挙げた。

高嶺が大好きだという寺山修司の代表作に挑んだもので、業界では話題になったが興行的にはさんざんな結果に終わったことが記憶に残っている。まだ役者をしていた雄次も、ちょっとした役で出演していた。

「あれはそこそこ、評判良かったんだけどな」

「ものすごく感動しました。お芝居ってこんなことができるんだって気づかされて、いても立ってもいられなくて、自分で演劇のことをいろいろ勉強しました。それでもし今日のお芝居が面白かったら、入団テストを受けてみようと思って」

「今日は君の人生を決める日っていうわけか」

「そうかもしれないですね」

「ちなみに、今いくつ？」

「今年、二十歳になりました」

「そうか」

青年の歳を聞いたとき、雄次は自分の落ちつかない気持ちに納得できたような気がした。話をしながら青年をまっすぐに見ることができないのは、過去の自分に似ているからだ。自分の将来に疑いを持たず、何でもできそうな気がする一方で、夢を共有する仲間に飢えている。あり余った体力と向こう見ずさだけが取り柄で、自分の置かれた状況にどうにも我慢できずに役者の世界に飛び込んでいった、あの頃を思い出さずにいられなかった。

「観ていくか？」

「いいんですか？」

雄次の言葉に、青年がぱっと顔を明るくした。

「今日しか見るチャンスがないんだろ。将来仲間になるかもしれない大事なお客さんを、失うわけにはいかないからな」

「ありがとうございます」

「ちょっと待っててくれよ」

雄次は開演までの時間を確認すると、受付でパンフレットをもらって青年に渡した。基本的に座席はお客さんの人数分しか用意していないが、緊急時のために丸椅子をいくつか用意している。観客席の隅で窮屈な席だが、それでも満足してくれるだろう。

「ちょっと狭いけど、我慢してくれよな」

「ぜんぜん問題ないですけど、お金は？」

「いいよ。そんなの」

「本当にありがとうございます」

雄次は観客席の後方から青年に場所を説明すると、控え室に戻ろうと背を向けた。何となく、稽古はここまでという気がした。

「このお芝居に出られるんですか？」

「ちょっとした役だけどね」

「どんな役か教えていただけますか？」

「いや、そこには載っていないんだ」

パンフレットをのぞき込む青年に、雄次は何といえばいいか考えてみた。

もともと広報を担当していたが、トラブルがあって、直前にある役者の代わりに自分が出ることになった。だから顔写真も名前も、パンフレットには載っていない。言葉にするとあまりにも素っ気ない一連の出来事が、雄次の頭を駆け巡った。

「芝居っていうのはね、そこに名前すら載らない多くの人に支えられているんだよ」

開演を告げるブザーが鳴ると、青年は雄次に頭を下げた。

演劇を通じて何かを伝えようと集まった人たちの、熱い気持ちがこの劇団を支えている。君の選択はきっと間違ってないよ。そう伝えようとした雄次の言葉が、駆けていく青年の耳に届いたかどうかはわからなかった。

エピローグ

「じゃあ、そろそろ行こうか」

江口一雄の言葉に準備運動を終えると、田村美月は何度か屈伸をして立ち上がった。

「よろしくお願いします」

「今日も五キロコースね」

「江口さん、私に遠慮しなくていいですよ」

「遠慮なんてしてないよ。自分のペースで走ってるだけだ」

「どうにかついていけるように頑張りますから」

「まあ、無理しないようにな」

氷川神社の入り口に向かうと、美月は江口の後をゆっくりと走りはじめた。

朝六時。十月のこの時間になると、ひんやりとした空気が漂いはじめる。いつもは人通りの激しい氷川神社の正門通りに、ほとんど人がいない。犬の散歩をしている人にすれ違う以外は、ウォーキングかジョギングを楽しむ人ばかりだ。

正門通りの家並みは、大宮の市街地を象徴しているように思う。古い和菓子屋の隣で新しいビルが立ち並ぶ取りとめのなさに、親しみを感じてしまう。神社を抜けて大宮公園に入ると、一気に視界が広がってくる。競技場の先に鮮やかな森の緑が見えると、空気が新鮮になったようで、美月は大きく深呼吸してみた。

身体の調子が整ってくるのが、この辺からだ。身体が求める量に呼吸が追いついてくるので、酸素がめぐって血液の流れが速くなる。江口がペースを上げると、注意しなければならない。美月は意識して足を高く上げた。鳥の鳴き声が聞こえ、どこからか吹いてくる穏やかな風が気持ち良かった。

江口がランニングを趣味にしていると聞いたのは、美月の退院祝いをしてもらった居酒屋でのことだった。四〇代後半から走りはじめ、フルマラソンに挑戦したのは五〇歳になってからだという。この歳になって目標が持てることはいいことだよ。そんな笑顔が意外で、必死に質問をぶつけていた。

「要するに走るなんて苦しいだけなのに、何でそんなことするんだっていいたいんだろ?」

「そうですね。私、もともと身体を動かすのが好きじゃないんで」

美月の苦い表情を見ると、江口が笑った。

「自分もそうだったから無理もないよ。これはやってみなきゃ実感できない。一回走ると、身体が生まれ変わるような気がするんだ。何気なく吸ってる空気の味までわかるようになる。気持ちいいもんだよ」

「毎日どれくらい走るんですか?」

「平日は五キロから七キロくらい。週末はもうちょっと長いかな」

「そんなにですか?」

「毎日走ってると生活のリズムが整ってくるし、食欲も出てくる。仕事の効率も上がるぞ。代理さんみたいに不規則な生活をしてる女性こそ走るべきだよ。一緒にやってみるかい?」

そんな誘いに頭を下げたのは、やっと支店の仲間の一人として認めてくれたような気がしたからだった。

大宮公園を一周すると、氷川神社に向かって戻っていく後半戦だ。鳥居の先にソニックシティや大宮駅周辺のビルが見えてくるこの風景が、美月は好きだ。これから一日がはじまることが実感できる。小さな組織に過ぎないが、自分には任された仕事がある。

美月は引き続き、支店長代理として大宮駅前支店にとどまることになった。営業企画部の平井部長は反対したが、支店スタッフからも強い要望が寄せられると無視できなかった。

相変わらず営業成績は厳しいので、いつまで大宮駅前支店が存続できるかはわからない。しかし目標を達成しようという雰囲気が、スタッフにも生まれてきたのは大きな変化だった。

毎朝のティッシュ配りは、今でも続けている取り組みの一つだ。ランニングから戻ると、美月は急いでシャワーを浴びて会社に向かう。朝の雑務を終えてから大宮駅前に立つ三〇分が、待ち遠しくなった気がする。

「おはようございまーす」

挨拶をする度に、通行人が驚いた表情で振り返るのを見るのは新鮮だ。

通勤ラッシュ時の駅前通りで、今ではどの会社より目立つのがペンギンファイナンスだ。

「よろしくお願いしまーす」

大きな声で挨拶すると、ティッシュを受け取ってもらえる比率が上昇する。そんな法則を見い出したのは、顔に大きな絆創膏を貼って声を張り上げる美月の姿が、地元の新聞で取り上げられてからだった。

退院の数日後、暴力に屈しない女性支店長代理として事件の経緯が報道されると、もの珍しさに通行人の視線が自然と集まるようになった。

でも美月は、何となくそれだけの違いではないような気がする。この街で過ごしていきたいと考える、人間としての覚悟の違いだ。自分の心の持ち方を、この街の人びとは見ていたのだ。

一ヵ月の間で、支店のスタッフにもいくつか変化があった。

小笠原伸江は、いっそう営業に力を入れるようになった。融資の獲得件数は引き続き支店でトップだし、首都圏エリアでも上位に入るほどの実績を残している。顧客を話しやすくさせる魅力があるのだろう。スタッフの間で契約件数を調整する動きがなくなったことも、彼女のやる気に影響している気がしてならない。

もともと社員との信頼関係さえあれば、スタッフの間でバランスをとる必要はない。ほかのスタッフの妬みを買うこともなく自由に営業できる環境にできたことは、美月の功績といえるかもしれない。

三木田俊文は、小説を書きながら勤務している。実家を手伝うという話は断ったのか、その後悩んでいる様子はない。むしろ気になるのは、成りすまし事件への興味を隠そうとせずに、外山由美の部屋であったことを訊きたがることだ。

小説のネタにしようとしているのだろうか。美月としては自分のことが描かれるのは気が引けるが、三木田が他人に関心を持ちはじめたのは良い兆候だと考えている。人との関わりがなければ物語ははじまらない。それは美月が大宮駅前支店で教えられたことでもある。

いちばん大きく変わったのは、仲本雄次かもしれない。

雄次は公演が終わると、しばらくぐったりとしていた。ひとことだけの出演だったとはいえ、約一年ぶりの舞台に緊張していたのだろう。何日かは、疲労で仕事に身が入らないようだった。

「次の舞台はもう決まってるの？」

「まだ充電中だよ」

美月の問いかけに対する答えは素っ気ない。かといって芝居に対する関心を失ったわけではなく、自分のなかで考え込むことが多くなった気がする。

ある日美月が会社に行くと、雄次がすでに出社していることがあった。ブースのなかから、セリフを読み上げる声が聞こえる。

「おはよう。朝から練習？」

「ちょっとね」

「すごいじゃない。今度はどんな役なの？」

美月がのぞき込むと、雄次が恥ずかしそうに手もとの冊子を閉じた。

「脚本なんだ」

「自分で書いたの？」

雄次は、照れくさそうにうなずいた。

「役者で本当に自分がやっていけるかって考えたら、やっぱり自信なくてさ。自分の経験を活かして、できることはないかって考えてたんだ」

「劇団さんぴんちゃでやるの？」

「まだまだ先の話だよ。何年後になるかもわからない。まずは一作、自分にしかできないものを作ってみたいんだ。表現しようと思って世界を見てみると面白くてさ。人それぞれいろんな特性があって、みんな違うんだなって勉強させられるよ」

「この会社にいれば、嫌でも個性的な人間に会えるからね」

いつの日か、雄次はこの会社から離れて自分にしかできない作品を作るのだろう。現実との間で折り合いをつけようとする姿が頼もしく思える。

今では、雄次が出社する時間はスタッフのなかでいちばん早い。それでもたまに寝坊しては、遅刻するという電話をこっそり入れてくるところは変わらないが。


相変わらず頭が痛いのは、顧客のほうだ。

パン屋の松本純一は、示談書は提出してくれたものの、返済は最初の月から滞りそうになった。どうしても返済金の準備が間に合わないという電話がペンギンファイナンスに入ったのは、十月の返済期日当日のことだった。

「絶対にまずいですよ」

「そりゃ、わかってるけどさ」

美月が声を荒げたことに驚いたのか、松本の困った表情が目に浮かぶようだった。

「返済期限を延期したばっかりなんですよ。本社が何ていってくるかわかりませんよ」

「どんなことをいわれるんだ？」

「貸したのが間違いだったなんていい出しかねないでしょうね」

「っていうと？」

「ブラックリスト入りです。まあすぐに全額返済しろとはいわないかもしれませんけど、もう二度と助けてくれなくなります」

「そんなこといわないでくれよ」

「こうなると、私たち支店の営業担当者ではどうにもならないんです。下手するとどこかの金融業者に貸出債権ごと売却されて、資産も全部差し押さえなんてことにもなりかねません。そんなの困るでしょ」

「そりゃ、嫌だけどさ……」

「いくらならあるんですか？」

美月が訊いたのは、月々の最低返済金額すら払えないのでは、こんな綱渡りは来月以降すぐに行き詰まってしまうのが目に見えていたからだ。

「三万円くらいなら、何とかなるかな……」

「そのお金払っちゃっても、生活していけるんですか？」

「バカにすんじゃねえよ。生活費くらい、うちの母ちゃんに渡してるよ」

「なら、いいんですけど」

「それにさ、こんなことはいいにくいんだけど、今日、うちの母ちゃん、熱出して倒れちまってるんだよ。保育園に子どもを迎えに行くにも、俺一人じゃどうしようもねえしさ。パン屋のほうだって回らねえんだよ」

「そうですか」

「昼の忙しいときだけでいいから、人手があったら助かるんだけどな……」

「一人でいいんですか？」

ふとそんな言葉が口をついたのは、松本の生活を知ってみたい気がしたからだった。金を貸している顧客の生活を自分たちが知らないのは、何となく間違っているような気がする。

「えっ？」

「足りない人手ですよ。一人でいいなら、今日だけでも私が行きましょうか？」

「あんたがかい？」

「店番をすればいいんでしょ。べつに大したことはできないけど、店番くらいなら私が手伝いますよ」

「いいのかい？　こんなことというのはあれだけど……」

「べつに給料なんていいですよ。会社の規則でアルバイトはできないって決まってますから」

「そうしてくれたらうれしいなあ」

大喜びする松本の顔を想像しながら電話を切ると、美月は急いで支度をしてパン屋に向かった。

店番をして驚いたのは、思った以上に繁閑の差が激しいことだ。一一時前くらいから来客が多くなり、最も忙しいのが一一時半からの一時間だ。とくに近くの高校に通う生徒たちがいっせいに押し寄せてくる昼休みは、目が回るような忙しさだった。

この時間は多くのお客さんに対応できるように、パンは一つずつ透明の袋に入れてそのまま持ち運びできるようにしている。高校生はあらかじめ買いたいパンを決めているので、トレーを使わずにパンを掴んでレジに並ぶ。パンを見て支払いを受けるのが美月の役目だった。

カレーパン一一〇円、メロンパン一二〇円、クリームパン一〇〇円、ピザパン一三〇円……主力商品の値段は頭に入れておかないと、次々と押し寄せるお客さんに対応できない。どうしても慣れないので、計算違いが発生してしまうことが少なくなかった。

「やっぱり合わないですね」

「数百円だろ?」

「二〇〇円足りないです。間違って、多くお釣りを渡しちゃったのかな」

昼の忙しい時間帯がひと段落すると、レジを計算しながら美月がため息をついた。釣銭が少ないと文句をいうが、多いと何もいわないのが顧客の心理だ。結果的に売上げが足りなくなるのは、よくある話のようだった。

「大丈夫だよ。だいたい目星はついてる」

「どのお客さんで間違えたかわかるんですか?」

「俺が何年、この仕事をしてると思ってるんだよ。あの高校の生徒だったら、誰がよく買いに来るかなんてしっかり頭に入ってる。たった十円でも釣りで得した客は、近いうちにもう一回買いに来る。そのときの顔を見てりゃ、やましいことを考えてるかなんてすぐにわかるよ」

「わかったらどうするんですか?」

「この前、お釣りを多く渡さなかったか訊いてみるよ。あの高校の生徒は正直な子が多いから、たいてい認めるだろうな。素直な子にはサービスだっていってやれば、今度はもっと買いに来てくれるようになる。この店の売上げは、あの高校の生徒たちがどれだけ買ってくれるかで大きく変わってくるからな。長く買い続けてくれるお客さんが、一人でも増えてくれたらしめたもんだよ」

「そんな風に考えるんですか」

「こんなちっぽけなパン屋にも、やり方っていうもんがあるからな。だからあんたの釣銭の間違いは、むしろチャンスなんだ」

美月は、商売人としての松本の表情がはじめて見えたような気がした。

「これが今月の返済分だ。千円札で申し訳ないけど、確認してくれないか」

松本はレジを確認すると、札束を数えて五万円を美月に差し出した。

「ありがとうございます」

「礼をいうのはこっちだよ。あんたが来てくれたおかげで助かった。これでどうにか来月もやっていけそうだ」

松本は残ったパンをいくつか袋に入れると、「こんなもんで申し訳ないけど、みんなで食べてくれ」といって渡した。

美月は七里駅のホームでベンチに座ると、松本から渡されたパンの袋を開けてみた。香ばしい匂いを嗅ぐと、好きでやってるわけではないといいながらも、笑顔でパンを焼く松本の姿が思い浮かぶ。

おそらくわずかな収入のなかで、綱渡りの生活をしているのだろう。そんな暮らしぶりがわかったことが、なぜか無性にうれしい。必ずしもうまく回りはじめたわけではないが、自分がこの土地にしっかりと足をつけつつあることだけは実感できた。

美月は名刺入れを取り出すと、小さく折りたたんだ千円札を手に取った。富永の葬式に行ったときに、見ず知らずのおばさんに渡された千円札だ。あれから富永の家族とは連絡が取れず、ペンギンファイナンスが自主的に貸出債権を放棄する方向で処理が進んでいる。

この千円札をくれたおばさんが何者なのかは、いまだにわからない。いつ会っても返せるようにと名刺入れに入れておいたのは、これ以上トラブルを招きたくないからだった。でも今では、違う意味で美月を支えてくれている。あの三週間の出来事を忘れるなよ。そんな言葉をささやきかける、小さなお守りのような気がするのだ。

[著者略歴]

町田哲也

1973年生まれ。慶應義塾大学経済学部卒。大手証券会社に勤務する傍ら、小説を執筆している。主著に、『ナイスディール』(2014年、きんざい)、『セブン・デイズ　崖っぷちの一週間』(2017年、光文社文庫)、『神様との取引』(2019年、金融ファクシミリ新聞社)、『家族をさがす旅 息子がたどる父の青春』(2019年、岩波書店)、などがある。

三週間の休暇

2021年9月2日　第1刷発行

著　者　町　田　哲　也
発行者　加　藤　一　浩

〒160-8520　東京都新宿区南元町19
発　行　所　一般社団法人 金融財政事情研究会
企画・制作・販売　株式会社 き ん ざ い
出 版 部　TEL 03(3355)2251　FAX 03(3357)7416
販売受付　TEL 03(3358)2891　FAX 03(3358)0037
URL https://www.kinzai.jp/

DTP:株式会社アイシーエム/印刷:三松堂株式会社

・この小説は「金融ファクシミリ新聞」2020年4月20日~11月27日に掲載したものに加筆、改稿しました。
・この小説はすべてフィクションであり、実在の人物・団体等とはいっさい関係ありません。

ISBN978-4-322-13978-5